殺戮ゲームの館〈上〉
土橋真二郎

デザイン◎荻窪裕司

殺戮ゲームの館〈上〉

土橋真二郎

遥《はる》か昔の遠い場所でのお話です。
世界にはたくさんの村落が点在しており、争いごともありませんでした。
野犬などの獣がいるものの、村人たちは平和に暮らしていたのです。
たったひとつの災いを除いては……。

人の生き血を吸う魔物がいました。
魔物は村を転々と移動し人々の生き血を吸います。
そして、ある奥深い山里の村に魔物が入りました。
村人たちは魔物が村の中に入ったことに気づきませんでした。
何故《なぜ》なら、魔物は殺した人間の皮を被《かぶ》って、村人に成りすましていたからです。
やがて夜になると、魔物は人の皮を脱ぎ捨てます。
村に朝が来ると、血を吸われた村人が一人死んでいました。
村人は、ここで村の中に魔物が潜んでいることに気づくのです。

何故、奥深い山里の村に魔物が入ったのでしょうか？

それは、村人の中に裏切り者がいたのです。

その裏切り者は、魔物の財宝に目がくらみ、村人を裏切り魔物を村に引き込んだのです。


しかし希望もあります。

魔物を殺す斬魔刀《ざんまとう》がその村にはあったのです。

ただし、それは魔物が人の皮を脱ぎ捨てたときにしか使えません。

誰《だれ》かが斬魔刀を持ち夜を過ごすと、他の村人は無防備に夜を過ごさねばならないのです。

刀を持った村人以外の家に魔物が来ると、その村人は殺されるでしょう。

村人の数が魔物の数と同じかそれ以下になってしまうと、もうその村は消えゆくも同然です。


さて、あなたが村人だとしたらどうしますか？

登場人物

都内某大学オカルトサークルメンバー

《二年生》

福永 祐樹（ふくなが ゆうき）……………………文学部心理学専攻。

三原 亜実（みはら あみ）…………………………福永の恋人。フランス文学専攻。

小泉 隼人（こいずみ はやと）……………………福永の高校時代からの友達。

松浦 浩一（まつうら こういち）…………………ネット界隈の情報に詳しい。

《三年生》

中村 誠（なかむら まこと）………………………サークル部長。

中谷 恵美（なかたに めぐみ）……………………サークルのアイドル的存在。

秋山 翔太郎（あきやま しょうたろう）…………サークルの実質的リーダー。

川田 悠平（かわた ゆうへい）……………………秋山の腰巾着。

司馬 和之（しば かずゆき）………………………金髪筋肉質。短気。

青沼 慎次（あおぬま しんじ）……………………赤の野球帽。写真が趣味。

《その他》

高梨 藍（たかなし あい）…………………………福永の後輩。高校三年生。

館地図

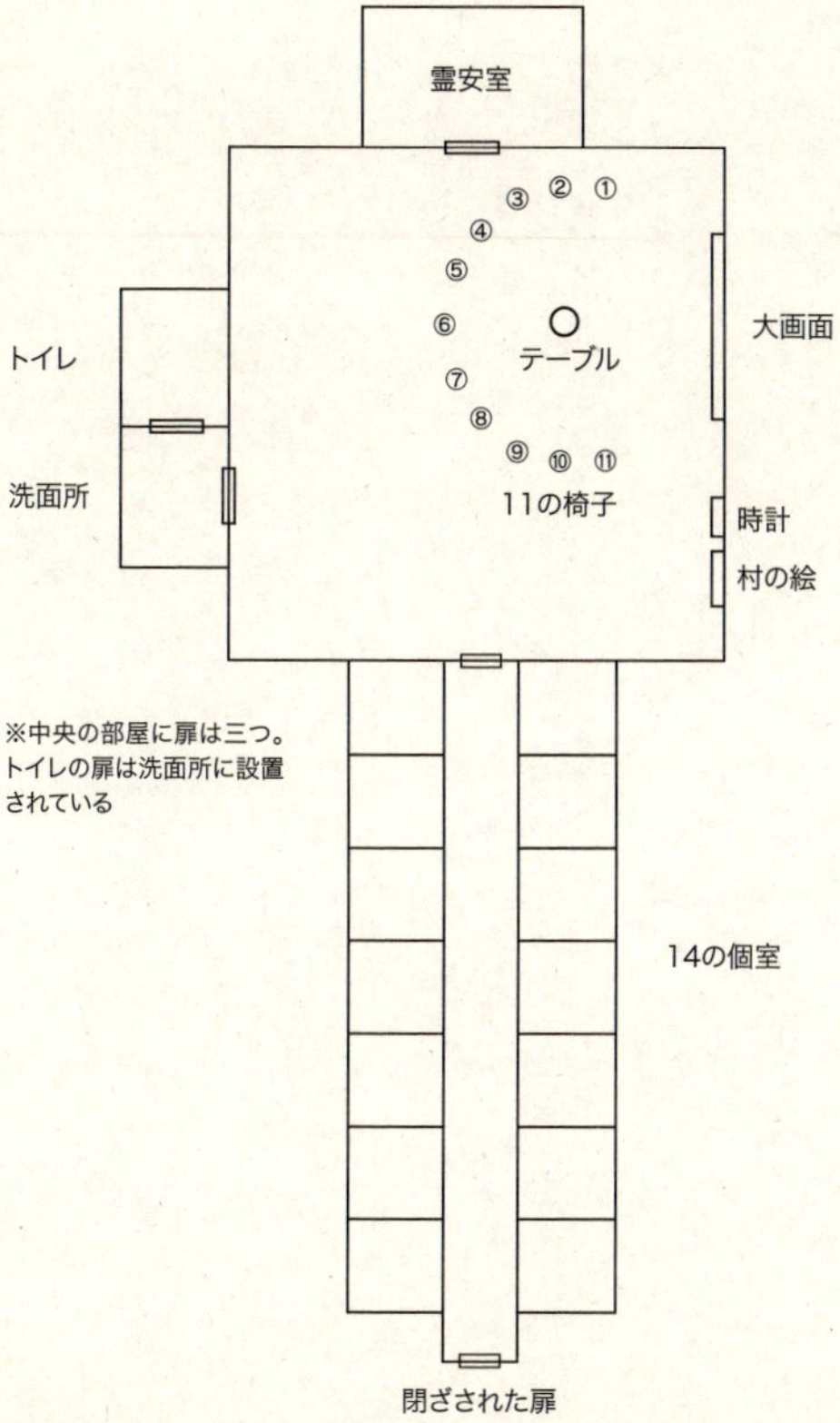

霊安室
①
②
③
④
⑤
⑥
⑦
⑧
⑨
⑩
⑪
テーブル
11の椅子
大画面
時計
村の絵
トイレ
洗面所
※中央の部屋に扉は三つ。
トイレの扉は洗面所に設置
されている
14の個室
閉ざされた扉

プロローグ

誰かが言った。

このふたつは共通点があるんじゃないか、と。

ひとつはマスメディアを賑《にぎ》わすいくつかの集団自殺のニュースについて。

マスメディアは、これらの事件を重々しいBGMと共にセンセーショナルに報道した。最近の若者の心の歪《ゆが》み、孤独な社会、インターネットの闇《やみ》……沈んだ表情で語るニュースキャスターの姿。紋切り型のそんな番組は、不快な事件を一種の記号のように垂れ流していた。

それらの事件には類似点があった。

その集団自殺には生き残りがいる場合が多い。その生き残った人間は、自殺をすることを知らずに巻き込まれ、偶然一命を取りとめた、と。

生き残った彼らの名前と顔はニュースに出ることはなく、すぐにそんな事件すらも忘れ去られてしまい、テレビ画面には新鮮な使い捨てのニュースが映っていた。通り魔事件、株価の暴落、ガソリン高騰、中学生の女子が父親刺殺、安くておいしい食べ放題の店、今年流行するスイーツ特集……。ペットに餌《えさ》を与え続けるように、マスメディアは視聴者にニュースを提供し続ける。

そしてもうひとつ、眉唾《まゆつば》ものの都市伝説について。

人間が殺し合う娯楽ビデオが存在すると。

安っぽいドラマやCGばかりの映画に飽きた人間が求めるのは、本物の人間が死ぬシーン。それも、銃で撃たれたり首を吊《つ》るようなおしとやかな死ではなく、リアルな死のドキュメントだと。

そのリアルな人間ドラマのシナリオが存在する。シナリオ自体は簡単なルールだけを設定したシンプルなものである。ドラマを作るのは人間であり、死に抗《あらが》う人間の行動が至高のエンターテインメントとなるからだ。

そして、そのドラマに参加し、生き残った人間には莫大《ばくだい》な賞金が与えられる、と、そんな安っぽい都市伝説。

しかし、そんな出来損ないの都市伝説は、張り巡らされたインターネットを伝って移動し形を変えつつも、なかなか消えることはなかった……。

1 導入

村人たちは平和に暮らしていた。
まだ誰も気づいていなかった。
平和な村に忍び寄る魔物の姿に。
魔物はすでに襲う村を見つけている……。

肌を焦がすような日ざしと、体にまとわりつく湿った風が吹いている。

場所は関東近郊の山林地区。セミの鳴き声ばかりだった。車の通りはほとんどない。道路の右側はうっそうと茂る林になっており、左側には薄汚れたガードレール越しに黄緑色の田んぼが広がっている。木々の緑も空も色が濃く見える。そんな一場面に福《ふく》永祐樹《ながゆうき》は立っていた。

謙虚な春から威圧感のある夏へといつのまにか季節が移行していた。コップから溢《あふ》れ出す水のように、生命エネルギーが溢れる夏の始まり。

道路の真ん中でつぶれた蛙《かえる》がひからびている。頭上を見上げると、巨大な積乱雲が空を占領していた。あの雲は本当に水蒸気で構成されているのだろうか。なんだかあの雲の上なら歩けるような気がする。

ぼんやりと立っていると、陽炎《かげろう》の立ち上る道路を歩いてくる人影が見えた。彼は福永を見てうんざりとしたように笑った。

「自販機、なかなか見つからなくってさ」

小泉隼人《こいずみはやと》は肩をすくめて、ガードレール前のバス停のベンチに缶を五本並べるように置いてから、そのうち一本を福永に放り投げた。

「自販機見つけるのに三十分ぐらいかかっちゃうこんな場所でひとり立ってると妙に寂しくなるんだよな。不覚にも、小泉の顔を見てほっとしちゃったよ」

福永は受け取った缶コーヒーのプルタブを開けて一気に飲んだ。

「もっとさっぱりしたの飲めばいいのに」

ウーロン茶を飲んでいる小泉が呆《あき》れたように視線を向けた。

「それで、まだ戻ってこないのかい？」

「てか、見つからないと思うんだよな。怪しげなサイト見て場所を知ったんだろ」

福永はベンチの上に置かれた三本の缶に視線を向けながら言った。

「でも、信憑性《しんぴょうせい》ありそうだよ」

「そうかねえ……」

まあ、何も見つからなくてもかまわないのだ。結果ではなく経過がこのサークルにとって重要なのだ。結果を求めるなら、このオカルトサークルが積み上げたものなどないに等しい。

今回のこの行動も、夏休みの平凡な活動のひとつのはずだった。就職活動で忙しくなる三年との思い出作りのような普通の大学生の行動。

「もっと健康的なテーマにすればよかったんだよな。沖縄辺りの辺境の島に宝探しにいくとかさ。珊瑚礁《さんごしょう》とか溶岩とかでできた島がいっぱいあるから、洞窟《どうくつ》とかも沢山《たくさん》あるんだよな。洞窟探検のついでに適当に海で泳いだりキャンプしたり」

福永は海辺でテントを張ってキャンプをするのが好きだった。去年の夏休みは、小泉を誘って伊豆《いず》七島の三宅島《みやけじま》でキャンプをした。三宅島は噴火以降、観光客の出入りが少なかったのだろう、とても海が綺麗《きれい》だったことを憶《おぼ》えている。

「あまり遠くは、ってことになったじゃないか。この辺で一泊が限界だよ。福永はよくても先輩たちもいろいろと忙しいらしいしさ」

「さすがに十一人もいると、スケジュール調整がな」

福永と小泉が所属するオカルトサークルのメンバーは十人だった。オカルトサークルといっても活動実体はほとんどなく、ただのイベントサークルのノリだ。学校帰りに飲みに行ったり、海や山に出かけたりする仲間の枠組としての機能しか存在しない。オカルトサークルというのは、ただの遊びとしての建前でしかないのだ。それでも、こんなイベントで全員集まることができるという、まとまりがあるものでもあった。

福永はちらりと横目で小泉を見た。小泉とは地元の千葉の高校時代に一緒のクラスだった。妙に気が合い、東京の同じ大学を受けたのだ。そして、現在も同じサークルで活動している。一緒にいて疲れないタイプの人間だった。このサークルがまとまっていられる理由の一つは小泉にもあるのかもしれない。

高校時代バスケ部のキャプテンをしていた小泉は、温厚な性格と人当たりの良さで男女問わず信頼と人気を集めていたことを思いだす。勉強もでき、スポーツもこなし、顔も悪くないというある意味パーフェクトな人間なのだ。

九十点の男。それが小泉への周囲の評価だった。テストの点数のことではない。要するに、完全ではない嫌みのないギリギリの人間性、ということらしい。妙に隙《すき》がある小泉を上手く表現していると思った。誰が最初にそんな呼び方をしたのかは、もう憶えてない。大学二年の夏を迎えたばかりだが、高校時代の記憶はすでに遥か遠いもののように思えた。それでも、光り輝く高校生活の記憶にすがりながら、暗い大学生活を送るよりは健全なことなのだろう。

「亜実《あみ》たちが戻ってきたら、もう宿に戻ろうぜ。温泉入ってからビールの買いだしに行こう。花火は買ってきてるしな」

福永は汗だくのシャツをぱたぱたと扇《あお》ぎながら言った。

「まだ早くないかな。とりあえず、探すだけ探してみないと」

「でもなあ、見つかったら見つかったで変な雰囲気になると思うんだよな」

「その廃墟《はいきょ》を探して写真は撮らないといけないって、先輩たちは張り切ってたけどね。会報の素材にするみたいだよ」

秋の学園祭で配る会報は廃墟特集を組んだようなのだ。廃墟ものは、神秘的な風景の写真などを載せられるため人気が高いらしい。

「なあ小泉。やっぱりさあ、ちょっと気味が悪い話じゃないか。やばい心霊現象とかがあったらどうする？　本当にその場所で人が何人も死んでるんだろ」

「福永らしくないね」

小泉はふっと笑ってから空き缶をベンチに置いた。

「小泉は幽霊とか信じてないのか？　由緒あるオカルトサークル所属のくせして」

「見たことないからねえ」

「高校の修学旅行で一緒に体験しただろ。俺らが寝てたとき、どたどたと走る足音をみんな聞いたじゃんか。あれは座敷童《ざしきわらし》なんだよ。で、その後日談があって、修学旅行から帰っても、俺の部屋でどたどた走る音が続いてた。きっと俺について来ちゃった」

「あれは、福永の狂言じゃなかったのか？」

「それだったら、もっと上手くやる。千葉の実家から東京に出てきた今の部屋でもたまに足音が聞こえるんだ……」

「福永は変なものに好かれるところがあるよなあ。部屋のベランダには野生化したインコが巣を作ってるし、千葉のときも学校の近くの凶犬ペスが福永だけには尻尾《しっぽ》を振ってたもんな。お化けにも興味持たれたのかもね」

「いいか小泉、科学的に考証するとお化けはいるんだ。去年の夏のことだった。俺は炎天下で携帯ゲームをやってたんだ。エッチな本と交換で、液晶画面がズタズタになってる初期のやつ近所のガキにもらってさ。ゲームソフトはベースボール。で、タイガース対ドラゴンズで、俺のタイガースの攻撃の場面だった。八回裏で一打同点。で、一塁線を抜ける長打コースのヒットを打ったんだよ。歓喜の声を上げる俺が見つめる画面で異変が起こった。ヒットを打った打者が一塁を駆け抜けたのはいいが、二塁に向かわずそのまま真っ直ぐライト方向に走って消えちまったんだ……」

「暑さでバグったんじゃないか？」

「そう、それなんだよ。あんなシンプルなシステムのゲーム機でもバグを起こすんだ。だとしたら、この宇宙の森羅万象を表現するコンピューターなんて、もっとたくさんのバグが引き起こると思わないか小泉。厳格な宇宙のルールにもバグがある」

「……なるほど、福永は意外な方面から議論をもってくるんだよな」

「俺は意外性の男という二つ名を持ってるからな」

「でもさ、たとえお化けがいたとしても、怖いのはやっぱり人間だよ」

小泉は額の汗を拭《ぬぐ》いながら小さく息を吐いた。

「ああ、わかるよ。高校時代に沢山の女と付き合って、さばききれなくなったから東京の大学に来たんだもんな」

「なわけないだろ」

苦い顔をしている小泉を横目に福永はにやっと笑った。女たらしというわけではないのだ。誰にでも優しくする小泉は勘違いされやすいタイプだったのだ。そして、接近してくる女の子たちの手を冷たく払いのけることはできなかった。そんな歪みが徐々に蓄積されていった。小泉が東京に出てきたのも、それらの歪みをリセットしたいという思いもあったようだ。そして、これ以上深く突っ込めない苦い過去も関係している。福永も小泉も決して話題に出すことのない過去の出来事。

――小泉君は好きな女の子がいるの？

――付き合ってる女の子いるの？

当時小泉と仲のよかった福永は、女子生徒からそんな質問をぶつけられていた。

「俺の隣の席の女子が熱狂的小泉ファンでさ、小泉君のクセのついた髪がかわいいとか、いつも眠たそうな瞳《ひとみ》だけどバスケをやっているときのきりっとした表情とのギャップにぐっとくるとか、なんでか俺に語るんだよ。危うく俺のほうが小泉を好きになるところだった」

「気持ち悪いこと言うなよ」

「ああいう女って、自分の中でイメージ膨らませすぎて、ストーカーになったりするんだよな。いきなり、あなたはこんなことする人じゃない、とか言いだしたり。確かに人間のほうが怖いよな」

「まあ、それは僕はわからないけど、そのお化けとかそのものよりも、それに至るまでが怖いんじゃないか、ってことを言ってるんだよ。化けて出るほどの憎悪を溜《た》めたってことだろう」

「非科学的なお化けとか幽霊っていう結果よりも、過程ってことか」

「うん。だから集団自殺に至るまでの思考と、あの建物で何があってどんなやり取りをしたかってことに少し興味がある」

「あの建物ねえ……」

福永たちが探しているのが、あの建物だった。

一時期メディアを賑わせた集団自殺の連鎖。そして、その集団自殺に使われた廃墟がこの近くにあるというのだ。

集団自殺というトピックに興味を持ったのはほんの些細《ささい》なことだった。妙な類似性とおもしろおかしく脚色されただろう噂《うわさ》の類《たぐい》。

自殺した集団の中には生き残りがいる。そして、その人間はもともと自殺志願者ではなく、巻き込まれそうになっただけだ、と本人が証言していた。

そして、それに関する噂話。集団自殺のコーディネーターがいる、と。場所や道具の指示など子細で親切に助言してくれるインターネットサイトがある。そのサイトは形や姿を変え、未だにネット世界の片隅に存在するらしい。

その噂は眉唾ものとは言い切れず、自殺志願者がネットにアクセスしていた形跡があることは、ニュースでも報道されていたものだった。そのときは、すでに関わったサイトは消滅していたようだったが。

そして歪《いびつ》にデコレートされた報道から、自殺志願者の行動のテンプレート化が進んだ。まず志願者は自殺サイト探しから始めた。丁寧にコーディネートしてくれるサイトの存在を求めてネットの世界をさまよい始める。

その頃《ころ》、自殺コーディネートサイトは乱立していた。知識を総動員して、人生最期のイベントをどのように演出するか。結婚式のパンフレットのような美辞麗句が自殺支援サイトを飾っていた。そして、そんなサイトを表向き批判し報道するメディア。そんなメディアの煽《あお》りもあって、集団自殺は一種のファッションのように流行《はや》ってしまった。

その後、サイトは自殺の正否などのデスエデュケーション議論の場として形を変えていったときには、集団自殺の流行は沈静化していた。いや、まだ流行っているのかもしれない。ただ、報道などが別の話題に食いついただけなのだ。集団自殺関連のニュースは視聴者に飽きられ使い捨てられ表向き沈静化していた。

福永がそんな自殺支援サイトを再び耳にしたのは、このオカルトサークルであった。誰かがネットサーフィンをしているうちに、たまたま見つけたひとつのページ。

最初は興味本位からだった。自殺志願者の振りをしてサイトに書き込んでみると、しばらくしてから返信があったという。気軽に簡単な自殺の仕方を教えてくれるのかと考えていたが、そのサイトは意に反して倫理的なものだった。

こちらの取り巻く状況などを聞き、できれば自殺を思い直すように暗に説得をするメールなど。それでも決意が変わらないならば、と、そんな慎重な意見。

さらにやり取りを繰り返すうちに、こちらがオカルトサークルで興味本位で調べていたことを告白したようだった。相手の親身な対応に毒を抜かれてしまったようだった。

しかし、それからもオカルトサークルと自殺支援サイトの交流は続いていた。

そしてその自殺サイトは過去に支援した実績を語った。直接ではなく、そんなことを匂《にお》わせたのだ。それは、過去にニュースでも取り上げられたものだった。

年齢も職業もバラバラの七人が集まって行った集団自殺。彼らをとりまとめたのが、このサイトだと。

オカルトサークルの十人のメンバーはそれに興味を持った。果たしてサイトの言葉は真実であるのか、と。

サイトは、その集団自殺をした場所を匂わせていた。その場所はニュースでも伏せられ、ネットでも正確な場所が判明することはなかった。

サークルの誰かが言った。その場所で事件があった証拠を見つければ、そのサイトの言葉の信憑性が増すと。ただし、真偽が判明したからといって、どうするという明確なものは存在しない。会報の素材に利用しようとする以外は、サークルのメンバーの好奇心のみの行動だった。

しかし、肝心の現場であるという廃墟は依然見つかっていない。故に福永はこうして突っ立っていたのだ。

「戻ってきたよ」

小泉の声に顔を上げると、道路を歩いてくる三人が見えた。先を歩く男と、その後ろを並んで歩く二人の女性の姿。木々で日陰になった道路脇《わき》をゆっくりと歩いてくる。松浦浩一《まつうらこういち》がこちらを向いて腕でバツを作った。松浦の後ろを歩いていた青いワンピース姿の高梨藍《たかなしあい》が福永を見てにこりと笑った。

「それらしいもんは全くなかった。人すらもいなかったよ」

こちらまで歩いてきた松浦が、ファッショングラスのようなメガネを外しながら首を振った。

「まあしょうがない。俺らもがんばって探したんだけど見つからなかった」

わざとらしくそう言った福永を睨《にら》んだのは三原《みはら》亜実だった。

「どうせ祐樹はすぐに探すの諦《あきら》めたんでしょ」

「まあまあ、ぬるくなったお茶でも飲んでくれよ。ごくろうさん」

「君はいつもそう。もっと何事にも真面目に取り組むべきだと思うんだ」

「真面目にって、亜実はいつもそう脅迫するよな」

「脅迫なんてしてないでしょ」

「なんていうか、こういうのって参加しただけでもよしとしてくれないと。大学の講義だって、真面目に受けることを強要しないでほしい」

「まあいいけどね。本当に見つけちゃったら怖いしね。買ってきてくれたの小泉君？悪いね。祐樹はまたコーヒー飲んでるの？　カフェイン中毒だね」

亜実はお礼を言ってウーロン茶の缶を藍と松浦に渡してから、いきなり悲鳴を上げた。

「な、なんだよ、いきなり声を張り上げて」

悲鳴に驚いた福永が振り向くと、亜実はベンチを指さした。

「……ベンチの下に何かが潜んでたの」

ベンチの下に猫がいたのだ。眠っていたらしい黒猫は、亜実の声にのそりと立ちあがった。

「亜実の声のほうにびびったよ。この臆病《おくびょう》ものめ」

「だって、こんなところに猫がいるとは思わないもん。それに黒猫じゃん」

亜実が福永に首を振って訴えている。

「この辺の猫なのかね。案内してくれればいいんだけどね」

小泉がベンチの下からのそのそと出てきた猫を見つめている。

「大丈夫です。福永先輩は猫語をしゃべれますから。どうぞ先輩」

福永ににやっと笑って見せたのは高梨藍だった。

「……ねえ子猫ちゃん、どこの屋根から来たのお。俺たちを猫の集会所に案内してくれないかい」

「語尾ににゃんをつけたほうがよくないですか？」

「君のそのしっぽ、流行のロングタイプでとてもいかしてるにゃん」

「かわいそうな人たちね」

亜実が福永と藍を見てため息を吐《つ》いた。黒猫は福永たちの目の前をのんびりと横切り茂みへと消えていった。

「猫語はしゃべれるんだけど、リアルに見つけちゃったら困るじゃないか。やっぱり見つからなかったか、みたいな感じが一番いいよな」

福永はそう言った。その横のバス停のベンチには松浦が座っており、乱暴に汗を拭ったあと、ポケットからタバコを取りだし火を点《つ》けた。オカルトサークルのメンバーでタバコを吸うのは松浦だけなので、いつも肩身の狭い思いをしている。吹かしたタバコの煙をふうっと吐くと、ベンチにぶら下がっていた錆《さ》びた缶に灰を落とした。

亜実は木陰で青いハンカチで顔をおさえている。松浦も亜実もオカルトサークル所属の大学二年生。福永と小泉と同期だ。

「私は興味ありますけどね」

藍がレースの青い帽子を手でくるくると回して言った。肩まで垂れたストレートの髪が風にゆらゆらと揺れている。ひとりだけ汗ひとつかいていない涼しげな感じだ。汗だくな福永たちとの違いはもしかしたら若さだろうか、と思った。彼女は福永より二つばかり年下の高校三年生なのだ。正式にはこのオカルトサークルの所属ではない。

「藍ちゃんは、怖い物知らずだよね。お姉さんもそうだったもんね」

亜実が困ったように笑った。

「怖い物知らずというより、あの人自体が怖い物だったけどな」

福永もにやりと笑った。藍の姉がこのオカルトサークルに所属していたのだ。すでに卒業しているその彼女は、福永と小泉の高校の先輩でもあった。また、藍も同じ高校で福永の後輩に当たる。

「先輩の言動は逐一姉に報告しておきますからね。私は基本的に姉の手先ですから」

「あの人、本当に未だに深夜に俺の部屋に来て説教するんだよな」

「最後は藍ちゃんを頼むわよ、とか言って帰っていくよな」

小泉が言った。藍は来年この大学を受験予定なのだ。

「この大学に入ったら、東京でひとり暮らしをするんで、姉が福永先輩から電化製品をもらいなさいって言ってました。ですから、洗濯機と冷蔵庫くださいね」

「マジで？」

「どうせ炊事も洗濯も自分でやらないじゃないですか。亜実さんにご飯作ってもらったりしてるんですよね」

「……わかった。じゃあ全部やるよ。電化製品も家具も、そして部屋も」

「そして福永先輩つきってことですか。どう思います亜実さん、こんなこと言ってますよ」

「あとできつーく叱《しか》っておくから」

「最近亜実は俺の世話をしてくれなくて」

「私は君の飯炊き女じゃないよ。それに冷蔵庫なんて必要ないから藍ちゃんにあげちゃいな。ビールしか入ってないじゃない。ろくに洗濯もしないし、部屋は散らかり放題だし」

亜実が呆れたように睨んだ。しかし、福永の部屋を掃除したり食事を作ってくれるときの亜実は、文句を言いつつも楽しそうな気がするのだ。亜実は感情が顔に出やすい。

　福永はふと亜実との出会いを思いだした。

　大学に入って一ヶ月程度のときだった。新入生たちが大学という場所の中、ぼんやりと自分のポジションを見つけ始める時期に亜実の姿を見た。亜実は昼下がりの芝生にぽつんとひとり座って目を擦《こす》っていた。

　福永の心を動かしたのは、亜実の読んでいた悲しい内容の本ではなく、昼飯時にひとり寂しく本を読んでいたことでもなく、泣き方だった。人前であんなに綺麗に泣ける女の子を見たことがなかった。

　その後、このサークルで亜実と交流するようになって、泣き方だけではなく、笑顔や怒った表情にも心を惹《ひ》かれた。彼女は感情表現が上手かったのだ。それは演出ではなく自然なものだった。そして福永と亜実は恋人となった。

「もっと規則正しい生活をしなさいよ」

　目の前の亜実は怒りと呆れの中間の表情をしている。

「なんでそんな冷たい言い方するんだよ。亜実は俺のなんなんだ？　恋人ならもっと優しく可愛らしく注意しろよな。あーあ、やる気はあったんだけど規則正しい生活する気なくなったぜ」

「どっちにしろ、規則正しい生活する気ないんでしょ」

「でもさ、規則正しく生活して部屋も綺麗にすると俺じゃなくなるような気がするんだよな。そういった背景を含めて俺という人格ができてるわけだろ。なあ、亜実は本当に几帳面で潔癖症の俺を求めているのか？　でも、それって本当に俺なのか？」

「えっと、そんな哲学的なことを言われても……」

「福永先輩って、すぐ壮大なことを言って煙に巻きますよね」

やり取りを見ていた藍がクスッと笑った。

「とりあえず人格が変わらない程度にきちんとしなよ。だらだらしすぎて曜日感覚をなくして、日曜日に大学に来ちゃったことがあったじゃん。授業のある日は来ないくせに」

亜実が大げさにため息を吐いた。

「姉が言ってました。大学のサークルに気弱で押しに弱い女の子と、生活態度の悪い後輩の男の子がいたから、強引にカップリングしたって。そうしたら、気の弱い女の子がちょっとだけはっきりと物を言うようになったけど、態度の悪い男の子のほうはさらに生活態度が堕落したって」

藍が福永と亜実に視線を投げた。

「亜実の気弱で押しに弱いのは認めるけどなあ。気が弱くて美容院にも行けないんだから」

「え、あ、まあそうだけど。美容院に入ったときの値踏みをされるようなぶわっとした暴力的な視線が怖いの。だから親戚《しんせき》がやってる美容院じゃないと駄目なんだよね」

亜実は自分の髪を撫《な》でながら、何か言いたげに福永を見つめている。意味がわからずきょとんとしていると、何故か亜実がぷいっと横を向いた。それを見ていた藍は苦笑いをしている。

「それより、藍は本当にこの大学に来るのか？　藍だったら東大とかいけるんじゃないか？」

自分の批判が始まりそうだったので、福永は話題を逸《そ》らした。

「そうだよね。この学校も悪くはないけど、あの藍ちゃんが、ってのはあるよね」

高校時代の藍を知っている小泉も同意した。

「それだったら小泉さんもそうじゃないですか」

藍の視線に、小泉は困ったように視線を逸らす。

「うーん、僕はそれほど勉強が好きじゃないから」

「まあ、偏差値の高い大学に入ったからって、幸せな将来が約束されるわけじゃないですからね」

「その割には、藍はしっかりと勉強してるよな」

「そりゃそうですよ。私から勉強を取ったら、ただの可愛いだけの女の子じゃないですか」

福永の言葉に、藍はしれっと答えた。

「それで、このサークルにも入るの？」

亜実が心配げに藍を見た。生産的な活動をしていないサークルに藍を引き込むことをためらっているのだ。

「そうですね考えておきます」

「別のサークルと掛け持ちしてもいいしね。文芸サークルとかミステリ研とかもあるしさ」

小泉の言うように、福永たちの高校時代、藍は文芸部だった。軍隊のような陸上部でうんざりと走っていた福永に、部室からよく手を振ってくれたことを思いだす。汗と土埃《つちぼこり》まみれの福永と違って、藍はいつも真っ白だった。真っ白なセーラー服のことだけでなく、全体的に白く光を放っているように見えたのだ。藍は太陽の光を人の五倍ぐらい反射しているような気がした。

「あまり本格的なサークルよりも、ぼやっとした感じのほうがいいですからね」

「だからって集団自殺の現場に行こう、とかのサークルだぜ？　女の子向けのイベントじゃないよなあ。ああ、あちぃ……」

ベンチに座っていた松浦は、暑そうに髪を掻《か》き分けながらタバコの灰を捨てた。暑いと言いつつも松浦は黒ずくめの格好をしている。大学でも基本的に服装は黒だった。メガネをかけているが、レンズに色が入っておりファッション的なものだ。

「……私は面白いと思いますよ。それに、現場に行ったら何か新たな発見があるかもしれませんしね」

怪訝《けげん》な顔をする四人をよそに、藍は続けた。

「本当に自殺なんですかね。自殺しなかった人もいるらしいじゃないですか。巻き込まれただけ、って言ってたらしいですけど本当なんでしょうか。あと、あの事件で使われた道具もちょっとおかしいところがあるような気がします」

「毒ガス自殺だったか。硫化水素ガス。洗剤を混ぜ合わせて簡単に作れるらしいよな」

一時期流行った自殺方法だった。硫化水素とは自然界では火山や温泉地帯で発生し、中毒作用は青酸ガスに匹敵するといわれている。マスコミにより、硫化水素のお手軽な作り方や、絶大な殺傷効果が宣伝されたのだ。ガスを一呼吸しただけでノックアウト、つまり失神する。楽に綺麗に死ねるという、最良の方法だと報道された。

「有毒ガスの他に、毒物を注射しての自殺体があったじゃないですか」

「そうらしいね。なんだったっけ？　クロレラ？」

亜実が首を傾《かし》げている。

「元気になっちゃいますよ。毒はクラーレですね。その毒は一般人じゃ手に入れられないはず。マスコミは適当な理由づけをしてましたけど」

藍は視線を落とし考える素振りをしている。

「まあ、入手方法はいろいろあるんじゃないか？　ネットなんかで特定キーワードを入れて検索すると、非合法のがわらわら出てくる」

松浦がタバコの煙を吐きながら口を挟んだ。大学の図書館や部室でいつもインターネットにアクセスしている。主にあの自殺サイトとネットでやり取りしたのも松浦だった。このサークルと大学を利用して、いろいろと危ないサイトに接触しているようなのだ。少々無防備すぎるところがある。

「ソフトドラッグ程度なら簡単に手に入れられちゃう世の中だからな。最近の流行は合法ハーブだってさ。禁止成分ギリギリに設定してる草で、もうネットで売られまくってる」

「そういうのって、合法でも体に悪いし中毒性もあるんでしょ」

亜実が眉根を寄せた。

「そんなことというなら、酒のほうがよっぽど中毒性があって体に悪いんだぜ。ポルトガルなんかマリファナやハシシ程度なら合法だし」

「そんな下らないことでつかまって退学になったら馬鹿らしいよ。前だって、大麻所持で退学になったのがいて、ニュースでも取り上げられたじゃないか」

小泉は松浦を諭すように言った。

「クラーレとかでも手に入れられる世の中、って話をしただけだって。ネットで見たけど、クラーレも青酸も五十ミリグラムぐらいで同じ致死量なんだぜ」

「ちなみにニコチンの致死量は約四十ミリグラムですって」

藍に言われ、松浦はにやりと笑い吸っていたタバコを缶に捨てた。

「松浦君はそろそろタバコやめれば？」

亜実はタバコの煙が苦手なのだ。

「うーん、タバコが一箱千円になったらやめようって思ってるんだけど、政府の連中、意外にたばこ税を上げないいんだよな。噂によるとタバコを値上げしたら、若者が大麻とかをやりだすからだってさ」

「松浦は気をつけたほうがいいぞ。おまえって好奇心旺盛《おうせい》だからな。ネットで変なもの見つけてきたりするしさ」

福永は松浦に苦笑いしてみせた。松浦から得る情報は確かに興味をそそるものもあるのだが、やはりどこかで制限をかけなければならない。

「バイト中は暇だから、ネットしかやることないんだよなあ」

松浦は出会い系サイトのサクラのバイトをやっているのだ。要するにネット上で女性を演じてユーザーと交流する。

それだけならいたずらですむのだが、出会い系サイトでは男性ユーザーは金を払って女性と交流をする。ネット上で出会いを求める女性とのメールのやり取りをするたびに、金を払わねばならない。しかし、そんな出会い系サイトで出会いを求める女性のほとんどは、会社側が用意したバイトなのだ。つまりサクラである。

松浦はそんな出会い系サイトで、深夜に週三回程度働いているようだった。人をだます仕事に大半のバイトは罪悪感から辞めていくのだが、松浦は罪悪感を持つことなく、その仕事をゲームのように楽しんでいるらしい。松浦自身は憎めない性格なのだが、そういうところは福永もあまりよくは思っていない。

「もっと健康的なバイトをすればいいんだよ。生協のバイト募集コーナーで、特技パソコンは結構需要あるじゃないか」

「そういうのって、すっげえ単純作業なんだよ。プログラムのバグ探しとか、三十分で頭が痛くなる」

「じゃあ、俺と一緒に遊園地の着ぐるみバイトやるか？　今年の夏も頼むって、電話がかかってくるんだよな」

「福永と違って、俺は体がデリケートなんだよ。真夏にそんなことやったら、着ぐるみの中でリバースしちまう」

「ネットのサクラのほうが吐き気がするだろ。テレビでだまされた男のドキュメンタリーを見てから気分が悪くなるんだ。ネットで知り合った女の子と結婚できると思って退職金を全部つぎ込んだとか泣いてたんだ」

　福永は大げさにため息を吐いた。

「インターネットに慣れてない人は、現実と仮想の交流の区別がつかないですからね。もしかしたら、という感情を利用するのは、ビジネスモデルの基本です」

「そんな話やめようよ、藍ちゃん」

　亜実が苦い顔をしている。

「じゃあ、話を戻しましょうか。クラーレの話題でしたけど」

どっちにしろ、気分のいい話をしていたわけではなかった。

「思ったんです。硫化水素ガスっていう一番楽な方法で死ねるのに、何故そんな毒を手に入れる必要があったんですかね」

「でもさ、硫化水素ガスって、言われてるほど楽な死に方じゃないって新聞に書いてなかった？　死にきれなくて後遺症だけ残ったり、死斑《しはん》がでて死体も汚くなったりって」

亜実の言葉に福永はニュースでの説明を思いだした。確か硫化水素の中毒死は、全身に緑色の死斑が浮かぶと言っていたはずだ。

「楽で綺麗に死ねるらしいですよ。それはメディアのモラル的観点からそんなデマを流したんです。楽に綺麗に死ねると報道したら、自殺を助長しちゃいますからね。といっても、最初のほうは散々簡単に死ねるって大宣伝しちゃってましたけど。まあ、そんなこと言ったら、一番ベストな自殺方法は首つりらしいですけどね。自殺方法の芸術品だと表現されていますから」

「芸術品って、そんな表現よくないよ」

亜実は困惑しながら藍を諭している。

「たとえ亜実さんの言うとおり、自殺が悪だとしても、それ自体に芸術評価をするのはおかしくありません。それだったら人を殺すための道具だった日本刀に価値がつくのは悪ですし、ハンニバルの戦術を評価し放送していた歴史番組だって罪悪です」

「でもさあ、首つり自殺が芸術品って……」

「首つりの方法がそれだけ優れているんですね。正しい方法で行いさえすれば、致死率、ほぼ100パーセントです。こんな話がありますよ。自殺を試みようとした人が農薬を飲んで手首を切っても死ねず、仕方なく線路に横たわっていたんですが、いつまでたっても電車が来なかったので、放置してあった原付からガソリンを盗んで焼身自殺を図ったんです。でも、死にきれず火傷《やけど》は気の狂うほどの痛みだったので、首を吊って死んだ、と」

「初めから、首を吊ればよかったじゃん、て話か」

松浦がうなずく横で、亜実は顔をしかめている。

「じゃあ危なくない？　柔道だって絞め技とかあるじゃない」

「あれは結構怖いぞ。落とされるとき、すっと空飛ぶ感覚になるんだ」

福永は高校時代の柔道の授業で、柔道部員と寝技の練習をしていたときに絞め落とされたことがあったのだ。

「あった、あった。教師から、ギブアップしないなんてすごい根性だ、とか褒められてたよな。でも、タップするのを知らなかったんだよな」

一緒に授業を受けた小泉がニヤニヤと笑っている。

「本当は知ってた。でも、そいつが嫌な奴だから、どうにか返そうと思ってタップしなかっただけなんだよ。今思えば、柔道部のくせに素人に絞め技使うなんておかしいよな。にしても、あのときは結構長い時間苦しかったけどな」

「絞めるのと吊るのとの違いじゃないですかね」

藍が缶のウーロン茶を飲み干してから口を開いた。

「頸動脈洞《けいどうみゃくどう》反射という言葉を知ってますか？　センサー的な役割を持つ頸動脈洞が圧迫されることで、血圧が急激に下がり酸素が脳に供給されなくなるために意識がなくなるんです。頸動脈洞は喉仏《のどぼとけ》の上ぐらいにあるんですが、そこを正確に圧迫しないと頸動脈洞反射が起こらずに長く苦しみます。柔道の絞め技などでは圧迫箇所がずれがちですが、首つりなら圧迫箇所がずれることはなく、ストンと意識が落ちるんですね」

藍はクルクルと指先を回しながら語っている。

「研究家みたいなのが、どのくらいで危険か試そうと、台の上で軽く吊ってみたら、あっけなく意識を失ってそのまま死んだっていう話もあるくらいです。ですから、自殺をするなら首つりっていうのは合理的なんですよ」

「ただ、集団で一緒に死ぬには、ガスは利点があるよね。集団で一緒にっていう、心理的な側面からも。それに事前準備を皆で段階的にこなしていくことで少しずつ気分を盛り上げられる」

小泉が相づちを打ち、議論の軌道修正をした。

「生き残った奴らは、途中で怖くなったのかもな。で、自分はもともと死ぬ気はなかったって責任を回避している」

福永は言った。ただし、状況証拠的に生き残った人間の意見はすんなりと認められたようだが。ちらりと藍を見ると、顎《あご》に指を添えてこちらを見ていた。

「それか、何か別の真実を隠している、とかですね」

「別の何かねえ……」

それほどの事実があるとは思えなかった。所詮《しょせん》自殺する人間の行動なのだ。何かしら不自然さがあるのは否《いな》めないだろう。

「その人たちってどんな気持ちなんだろうね」

妙に重々しくなった空気の中、亜実がぽつりと言った。

「やっぱり肩身がせまいんじゃないか」

福永の言葉に亜実は首を振る。

「そんな世間体のことじゃなくて、私だったら自殺志願者を止められなかったことに責任を感じるなあ。きっとその重圧に耐えられなくなって……」

「俺はそんなこと考えないでとにかく逃げるよ。死ぬなんてとにかく怖いじゃんか」

汗だくの松浦が首をすくめてみせた。

「でもさあ、助けなかったことを後悔すると思うけどなあ」

「死のうとする人間を助けたって意味がないと思いますけどね。そのとき助けても、また同じことを繰り返しますよ。だから、亜実さんがその人のことを思うのなら、止める必要はないと思います」

藍のクールな意見に対して、小泉が口を開く。

「それでも、僕は止めると思うよ」

「そうだよね。それが当然だよね。うんうん」

「倫理的観点からすると、私も一応止めたほうがいいとは思いますよ」

「えー、そんな理由じゃなくてさ、死ぬのは悪いことなんだよ」

藍の言葉に、亜実は困った表情をして福永を向いた。

「まあ、その議論は、自殺が悪いことか、ってことから始めないといけないよな。例えば俺たちは自殺は悪である、と刷り込まれているけど、本当にそうなのか、とも思う。他人に迷惑をかけなければ、行使していい権利なのかもしれない。自然の摂理の範疇《はんちゅう》として」

「自然の摂理とか言うなら悪いことに決まってるよ」

擁護を期待していたらしい亜実が怒った顔をした。

「亜実ちゃん、僕も悪いことだとは思うんだよ。でも、自殺志願者にもそれなりの理由があったのかもしれない、というのも理解したいんだよね。自殺者の状況も知らずに、倫理だけを振り上げるのは、ちょっと無責任かもしれない。それに、自殺が悪いっていうのは、あまりに正論すぎるんだよね」

福永は小泉の表情がわずかに歪んでいるのを見た。

「小泉君は、さっき止めるって言ったじゃない」

「それだけ、世の中は不条理っていうか……」

小泉は困ったように福永を見た。

「自殺は最後の手段だしな。ある意味いつでも出せる一枚しかないカード。だったら、そのカードを使うのはもっと後回しにしていいじゃないか、って俺は思うな」

「嫌な意見。君ってけっこうアンモラルなこと言うんだよね。そういうところが嫌いなところその一」

亜実が福永をキッと睨んだ。

「自殺自体、消極的な考えではあるよね。生きるエネルギーがなくなっての最終手段だから」

小泉はこの話題から逃げるかのように、話題をまとめだした。

「そうそう、生きてりゃなんかいいことあるかもしれないしな」

松浦はベンチに座って携帯電話をいじっている。

「──自殺は積極的な手段であると思いますよ」

弛《し》緩《かん》し始めた場の中で、不意に声を上げたのは藍だった。

「小泉さんの、世の中が不条理だっていう意見もわかるんです。だからこそ、そんな不条理な世界の中にいる私たちに与えられた、唯一の攻撃的手段なのではないですかね。複雑な社会とか、人智を超えた天の意思とか、そんなちっぽけな人間がどうすることもできない流れの中、唯一運命を変えられる攻撃的手段です」

藍の口調に場が沈黙した。

「……なーんてね。ちょっと語りすぎちゃいました」

藍がぺろっと舌を出した。

「な、こういうところが俺の後輩の可愛いところだろ。周囲がドン引く空気を敏感に察知するんだよな」

福永は藍の肩に腕を乗せながらへらへらと笑った。

「藍ちゃんは議論好きだよね。昔からそうだったの？」

亜実が苦笑いをしている。

「クラスメイトとは普通の対話でしたよ。昨日のテレビとファッションと恋バナに新しくできたスイーツの店の話とか。でも、福永先輩と小泉さんとはいろいろ話しましたよね。同好会で」

「同好会？」

「そういや、そんなのがあったな。映画同好会だったっけ？　同好会は部活動と掛け持ちできるんだよ。小泉が会長だった」

同好会でも部員が十人以上集まると部室がもらえるのだ。そのために作った幽霊同好会のようなものだった。本来ならそんな同好会は認められないのだが、常にテストの点数が上位で素行の良い小泉が会長であり、天才少女と有名だった藍を引き込んだことで簡単に設立が認められたのだった。活動実績は特になく、部室でだべっていただけだったが。

「たまに休日に映画見に行ったりしましたよね。それから、映画館で見る癖がつきましたよ。その後、部室で感想を言い合ったり」

福永は、部室で映画などを題材に議論をしていたことを思いだした。藍や小泉も基本的にディベート好きなのだ。

「同好会には映画を見るときの三つの規則があるんです。ひとつは同じ映画を見に映画館に行かないこと」

藍は人差し指をぴっと立てた。

「私、気に入った映画があると、何回も見に行っちゃうけどな。友達なんて好きなミュージシャンのドキュメンタリー映画を十回も見に行ったらしいよ」

亜実は同好会の規則に不満げだ。

「映画館で見る作品は、ある意味出会いなんです。どんなに感動したからといって、もう一度それを味わいたい、というのはアンフェアです。ですから、もう一度見たい場合はＤＶＤを買うことです」

「確か小泉が言いだしたんだ。映画館の音響とか、広さやその日の観客。そんな要素を全て受け入れなきゃいけない、とか気持ち悪いこと言いだしちゃったんだ」

福永に名指しされた小泉は苦笑いをしている。

「他の規則は？」と、亜実が藍を見た。

「えっと二つ目は、映画館で見る場合、できるだけ全席指定のシネコンで見ます。そして、できるだけ早く中に入り、エンドロールが終わるまで席を立ってはいけません……でしたよね、会長」

藍に視線を向けられた小泉は、にこりと笑って口を開いた。

「そう。まず開場したと同時にいい席の確保のために走るなんてうんざりだからね。そして、上映十五分前には開場するから、中に入って気分を盛り上げるんだ。そして予告ＣＭからじっくりと見る」

「それだけはわかる。映画の予告ＣＭが一番興奮するんだよな」

「予告ＣＭ見ないで、ギリギリの時間に入ってくるカップルとか、すごいむかつきますよね。予告ＣＭを見ないでなにを見る、ってことですよ」

福永と藍も同意した。

「そして、本編が終わったらエンドロールを見ながら余韻に浸るんだ。エンドロールでぼんやりとしているだけで、脳内で作品も整理され、のちに語れるからね」

小泉はうなずいている。

「それか、くそつまんない映画を見てしまったことに対する怒りを静める時間だよな。映画館で見るつまんない映画って犯罪レベルだと思う。そんな犯罪的につまんない映画を何回も見た俺は、くそつまんないセンサーを持つようになって、予告CMを見ただけで回避できるようになったんだ」

高校三年のときの福永と小泉は、部活が終わったあと、映画同好会の部室に集まるのが日課のようになっていた。一緒の予備校に通っており、予備校の時間まで部室で時間を潰《つぶ》していたのだ。そのうちに、部室に藍が顔を出すようになった。

スポーツドリンクを飲み、藍が家から持ってきたフルーツなどを食べながら、三人はいろいろと語り合っていた。議論は、論理的な藍、柔軟な思考の小泉、想像力の福永、といったポジションで展開され、気づくと予備校に遅刻したこともあった。

「たくさん見ちゃうとパターンがわかっちゃいますよね。ラブコメだったら、そろそろ喧嘩《けんか》して、とか」

「そのベタが一番面白いけどな」

「例えば今日のこの出来事が映画だったら、そろそろトラブルが起こるんですけどね。いきなり雨が降ったりして、たまたま駆け込んだ廃屋が実は……」

「や、やめてよ、藍ちゃん」

じっと藍に視線を向けられた亜実が怯《おび》えた顔をした。

そのとき、不意に甲高い電子音が鳴り、亜実がベンチの上でびくっと体を硬直させ、手に持っていたウーロン茶を落とした。

「あ、恵美《めぐみ》さんから着信だ」

ウーロン茶をこぼして慌てている亜実の横で、小泉が携帯電話を見ている。恵美とはこのサークルの三年生だ。恵美を含む六人と、こちらのグループの五人で二手に分かれて行動していたのだ。小泉は携帯電話を耳に当ててしばらくやり取りをしてからこちらを見た。

「……見つかったって」

小泉が言った。

2

異変

村人たちは異変を感じた。
いつも過ごしている村と明らかに様子が違ったのだ。
しかし、何が違うのかをはっきりと
断言できる村人はいなかった……。
村人の人数十一人。

意識が混濁している。映画のシーンをごちゃ混ぜにしたかのように、沢山の光景が時系列を無視して頭に浮かんでは消えていく。

宙に浮かんでいるかのように体がふわふわとしていた。体が安定しない。自分がどんな体勢なのかもわからない。……ここはどこだ？

――祐樹？

声が聞こえた。それはとても遠く、意識の外側から聞こえてきたような気がする。

体の揺れを感じた福永は目を開けた。

「祐樹？」

福永を覗《のぞ》きこんでいるのは亜実だった。

「……どうした、って？」

福永は亜実に答えた。ふたりはベッドに寝ていた。いつもの見慣れた自分の部屋だった。真っ白な天井にベッドの青いシーツ、カーテンの隙間からわずかに光が差し込んでいる。亜実はグレーのタオルケットを体に掛けていたが、曲線的な体のラインが剝《む》きだしになっていた。

「すっごくうなされてたからさあ……って、こら」

タオルケットをはぎ取られた亜実がしかめっ面を作った。

「なんでうなされてたんだろう。あれを思いだしたのかな」

「あれって？」

「ほら、このまえ亜実の部屋に泊まったとき、次の日が日曜で亜実の親が家に来たじゃんか。いきなり携帯に電話があって、もう駅から向かってるとか言われて」

「あのときは、ヤバって思ったよね」

「人間て一瞬にしてあれほどの汗をかけるんだ、ってあのときに初めて気づいたよ」

「まあ、見つかっても挨拶《あいさつ》してくれればいいだけじゃん。でも、祐樹はその一分後に逃げだしてたけど。……あれ、私のシャツはどうしたっけ」

亜実ははだけた胸を隠しながら、ベッドの上を探している。

「洗濯したんじゃなかったか？」

「そっか、そっか。ずぼらなこの部屋の主の洗濯物を洗うついでに私のも干しておいたんだったっけ」

ベッドの上で上半身を起こした亜実は大きく伸びをした。そんな亜実の胸の先を指で突くと、「エロ男」と、睨みつけられた。

「でも、亜実のほうがエロいよな」

「そんなことないよ。祐樹のほうがエロだよ。妖怪《ようかい》エロだよ」

「亜実は文学部じゃんか。文学少女は全員エロいんだぜ」

「ほんと、一日に五回ぐらいは馬鹿なこと言うねえ」

亜実は大きくため息を吐き、タオルケットを体に巻いて立ちあがった。

「文学少女は膨らみきった花のつぼみを見てエロい気持ちになっちゃうんだろ?」

「……わあ、今日もいい天気。すっごく暑そう」

亜実は福永を無視して、部屋のカーテンを開けた。強烈な光に福永はベッドに顔を埋《うず》めた。シーツは甘い香りがした。亜実が泊まった朝のベッドはなんだかいい匂いがするのだ。

「ベランダのインコちゃんはいなかったよ」

亜実はベランダに干していた下着とTシャツを取った。

「朝方には出ていくからな。きっと神社にいるよ。インコ軍団が木にとまってるのをよく見かけるんだ」

福永の部屋のベランダにインコが勝手に巣を作って棲《す》み着いているのだ。もともと人が飼っていたインコなのだろう。

「講義はどうする？　もしも君が素早くベッドから降りてシャワーを浴びることができたら最初のに間に合うんじゃない？」

亜実はコーヒーメーカーのスイッチを押してからこちらを向いた。

「無理だよ。ユングとかフロイトとか、実は全く興味ないんだ」

「じゃあ、なんで心理学専攻なのよ」

「難解な亜実の心を理解するためかなあ」

「私に会ったのは大学に入ってしばらくしてじゃない」

呆れつつも亜実はうれしそうに笑い、続けた
「じゃあゆっくり行こうか。ご飯はどうする？　学食で？　それとも、私がなんか軽く作ろうか？」

「………………」

「なになに？　聞こえないけど」

福永は、ベッドに近づいてきた亜実を抱き寄せるとキスをした。亜実は抵抗する素振りを見せたが、次第に体から力が抜けていった。羽織っていたタオルケットがするっと床に落ちた。

「……ばーか」

唇を離して亜実は怒った顔をした。部屋に漂うコーヒーの香りが鼻孔に届いた。ふと福永は思った。この場面は前に見たことがなかったか、と。そうだ、そのあと亜実はシャワーを浴びにいき、福永はコーヒーを飲みに立ちあがる……。

しかし、亜実は未だにベッドに座ったまま目の前にいた。福永はもう一度亜実と唇を合わせた。唇ごしにお互いの舌の先が触れあった。

「キス、好きなの？」

唇を離してから亜実が聞いた。

「ああ、亜実の薄い唇はモデルのジェマ・ワードに似てる」

亜実の肩の下まで伸びた髪をそっと撫でる。緩いウエーブをかけたブラウンの髪はとても滑らかだった。

「髪はハリウッド女優のミラ、目の形はナタリー」

目の前の亜実はにこりと笑った。

「笑顔は昔好きだった親戚のお姉ちゃん」

亜実を抱きしめたまま福永は、ふと体の揺れを感じた。なんだかとても暑い。しかし、エアコンのスイッチは入っている。徐々に視界も揺れ始めた。ノイズの混じったテレビ画面のようにチカチカと点滅する。

頭が痛い……。

目の前の亜実を見ると、彼女の表情は固まっていた。

「……ねえ、切り貼りされて私の顔はどこにいったの？」

亜実の声はとても冷たかった。柔らかかった体も石のように硬くなった。

頭の痛みに混じってファンの回るような雑音が聞こえた。誰かの喘息《ぜんそく》のような呼吸音が妙に反響している。コーヒーの香りは、かびたような不快な匂いに変わっていた。

空気が異常に埃っぽい。

「……亜実？」

不意に亜実の体が糸の切れたマリオネットのようにだらりと力を失った。福永は亜実の手を握りしめたまま啞然《あぜん》とする。気づくと周囲の壁はどす黒く汚れた剝きだしのコンクリートに変わっている。座っていたベッドも血のような汚れで真っ赤に染まっていた。

どうなってるんだ？　意識が混濁している。まるで溶けたチョコレートのようにどろどろに……。福永は悲鳴を上げたが喉から声が出なかった。

再び揺れを感じた。ゆっくりと目を開けると、灰色の空間が見えた。空間は未だにゆらゆらと揺れている。

手に妙な生暖かさを感じた。手を握られていることに気づいた。異常に汗でベタベタとしている。

「亜実？」

「……先輩……福永先輩」

亜実ではない。手を握っていたのは藍だった。強ばった表情と焦点がふらふらしている藍の瞳が見えた。彼女が福永の体を揺すっていたようだ。

徐々に感覚が戻ってくる。ここは福永の部屋ではなかった。どこか別の場所だった。壁を背にコンクリートの床に直に座っていたのだ。眠っていたのだろうか。

「……？」

声が上手く出ず、息が口から漏れていく。藍が困惑したように首を振るのが見えた。彼女のこのような怯えた表情を見たのは初めてだった。

福永の体に寄り掛かっていた人間がもぞもぞと動いた。右肩を見ると、亜実が目を閉じて福永の肩に体を預けている。

「亜実……亜実？」

福永は亜実をそっと揺らした。額にべっとりと汗をかいている。

「……ん？」

薄目を開けた亜実は福永の顔を見つめてぽかんとしている。しばらくして周りに視線を投げたあと口を開いた。

「ここはどこ？」

彼女の言葉は福永たちの現状をシンプルに表現していた。

ここはどこだ？

福永は亜実の肩を抱いたまま周囲を見回した。違和感のある光景が徐々に現実として受け入れられていくのがわかった。この状況は明らかに夢ではなくリアルなのだ。同じように壁にもたれかかって座っている人影が見える。知った顔だ。オカルトサークルのメンバー。灰色の部屋はオレンジ色の光で照らされている。目を開けたばかりなのでほんの少しだけ眩《まぶ》しく見えた。四角い空間。ドアがあった。椅子《いす》がたくさん置いてあるのが見えた。

「どこなの？」

亜実が再び言った。

「わからない。ここがどこだかはわからない」

福永は首を振って左手首を見たが、腕にはめていたダイバーズウオッチは何故かなくなっていた。

なかなか思考が回らない。どうなっているのか整理がつかない。どのようにしてここに来たのか、何故記憶がないのだ？　何故ここにいるのだ？

部屋がざわつきだした。その混乱した声に、福永は少しだけ安堵《あんど》した。やはりサークルメンバーの知った声だった。

立ちあがると視界がぐらっと揺れた。頭がずきずきと痛む。福永はしばらく壁にもたれかかって揺れる視界を安定させた。藍もふらふらと立ちあがろうとしていたので手を貸してやる。

四角い部屋だった。薄暗い部屋には窓すらなく外は確認できない。コンクリートの壁と床。中央には丸いテーブルがあり、それを囲むように椅子がある。革張りの重厚な椅子が十脚程度。さらに壁に沿って扉がある。鉄製の扉が三つ、それぞれの壁に一つずつついている。正面の壁には何かテレビ画面のようなものが設置されているのが見えた。大きな画面は真っ黒で何も映っていない。その脇には絵のようなものが掛かっている。

無秩序に散らばる情報を理解できない。テーブルの形や扉の色を知るよりも、もっと大きな事柄から理解せねばならない。それが情報処理の法則だ。時計が見えた。丸い時計が壁に掛かっている。時刻は…………。

「なんなんだよ」

と、震えた声が聞こえた。怒気を含んだ声だった。その声に室内が敏感に反応する。不安定に揺れていた精神状態が崩れるような予兆。

「どこだよここは！」

声を出していたのはサークルの三年生だった。髪を金色に染めた彼が、恐怖を打ち消そうかとするように怒声を上げている。そんな声に福永の胸にも恐怖がわき上がった。この不条理な状況はなんなのかという恐怖。そんな恐怖を打ち消すために、福永も叫びたかった。いつの間にかシャツが汗でべっとりと濡《ぬ》れている。

「どうなってるんだ？」

別の誰かが立ちあがって壁を殴《なぐ》りつけた。そんな声に、座り込んでいる亜実が体を震わせる。彼は壁を殴りつけたあと、座り込んでいる男子に向いた。

「なあ、ここはどこだ？」

「……僕がわかるわけないだろ。こっちが聞きたいくらいだよ」

問いかけられた彼は、怯えたような甲高い声で答えた。

「誰も知らないってことないだろ。俺たちはどこにいるんだよ」

場が混沌《こんとん》とし始める。空間に声が反響し、パニックが広がる。

そんな臨界点をむかえた室内で、静かでいてよく通る声が響いた。

「――ここはどこだかわかりません」

その声に室内が静まった。

「落ち着いてください。まずは、仲間の確認をするべきです」

サークルメンバーのパニックを止めたのは部外者だった。藍は福永の手を握ったまま声を出している。彼女の声に室内の揺れが穏やかになった。

確かにやるべきことは落ち着くことだ。福永は意識して呼吸を整えた。

「そうだ、仲間の確認だ。川田《かわた》も司馬《しば》も落ち着け。みんないるか？」

そう言ったのは三年の秋山《あきやま》だった。声を荒らげていたふたりに声をかけてから、周囲に視線を配る。

「サークルのメンバー十人いますか？　私を含めて十一人です。そして、体に異常のある方はいませんか？」

「人数はいる――十一人だ」

部屋の人数を数えた秋山が言った。

「ゆっくりと状況を確認していきましょう。ストレスやパニックは認識とのズレから生まれるんですって」

藍の口調は穏やかだった。福永も藍の言葉に自分を取り戻した。本来なら最初に確認するべきものは仲間のことだった。福永も視線を投げてみると、自分を含め部屋の中に十一人の人影があった。全員そろっている。小泉もすぐそばで頭を振っているのが見えた。

「大丈夫ですか恵美さん」

亜実は逆サイドの壁際に座り込んでいた女性に声をかけた。ギンガムチェックのワンピース姿の彼女が恵美だった。恵美は硬直した表情ながらもうなずいた。

藍が恵美の名前を出したことで、雰囲気が少しだけ変わった。このサークルにとって恵美の存在は特別だ。このような状況だからこそ守らねばならない存在なのだ。

福永は藍の顔を見た。こんなときでも冷静な藍の表情だった。しかし、福永の手を握る彼女の手は震えていた。握る手に力を込めてやると、藍はぎこちなく笑みを返した。

福永はもう一度冷静に室内に目を向けた。室内に窓などはなく、背後の壁には重厚そうな鉄の扉がついている。

福永は周囲を触発しないようにそっとドアノブを回してみた。ノブは抵抗なく回り、カチッと音がしてドアがこちら側に少しだけ動いた。

「……開く」

福永は小さくつぶやいた。

「確認してみますか？」

藍が福永の耳元で囁《ささや》いた。とにかくここから出る必要があった。何故こうなったかの議論は後回しにしてもいい。

左を見ると、別の扉の前に立っていた松浦と目があった。松浦は福永の視線を受けて、ドアノブを回してドアの中を覗きこんだ。

「……洗面所みたいだ」

松浦がこちらに向き直り言った。

「小泉、亜実を頼む」

福永はそばにいた小泉に言って、再び目の前のドアノブに手をかけた。扉はがちゃりと音を立てて開いた。

「……廊下があるな」

扉の向こうには薄暗い直線廊下が延びている。全容は暗くて判断できないが、廊下の両サイドに一定間隔で扉が設置されているのが見える。扉は十カ所以上はある。

「危ないよ」

亜実が心配げに声をかけてきた。

「大丈夫、出口を探してみる。とにかくここから出ることが先決だ」

福永は慎重に扉を開けて中に入る。藍は、扉が完全に閉まらないように脱いだ靴を挟んで続いてきた。

薄暗い廊下には等間隔で扉が並んでいる。入り口の扉と同じく鉄製の扉だった。そんな扉を見て思う。まるで牢獄《ろうごく》のようだ、と。

「やっぱり、さっきの場所とは違いますね」

藍は硬い表情で周囲を警戒している。

「あの廃墟じゃないな」

廃墟とは、福永たちが探していた建物だ。そこは崩れかけたホテルで、明らかにこのような空間はないはずだった。何故、福永たちはあの廃墟と別の場所にいるのか。

福永は廊下を歩きながら両サイドの扉を確認していく。片方の壁に七カ所の扉がついている。合計十四の扉。

さらに廊下の突き当たりに扉があることに気づいた。十五個目の扉だ。

福永はちらっと藍を見てから、廊下の壁に並ぶ扉のひとつに手をかけた。扉の外には特に気配は感じられない。

がちゃりとドアノブが回り、分厚い扉が奥に開いた。

「………」

暗くてよく見えなかったが、ベッドが確認できた。骨組みの上にマットが敷いてあるだけの簡易ベッドが壁際に設置されている。

ドアノブを持ちながら半身を入れてみるが、他に変わった物は見つからない。広さ四畳ほどの個室だ。

藍は隣の扉を開けて確認している。

「……同じです。同じ寝室のようになっています」

「ホテルみたいだな」

福永がイメージしたのは監獄だったが、ネガティブなイメージを口に出すことはためらわれた。今にも不安と恐怖に押しつぶされそうなのだ。

「十五の部屋、ですかね」

藍と福永はひとつひとつ部屋を確認していく。全て同じ広さで、ベッドが一つあるだけの部屋だった。

「こっち、開きません」

藍が福永を振り返った。廊下突き当たりの扉だった。

「開かないというより……ドアノブがないんです」

確認してみると、ドアノブが取り除かれハンダらしきもので詰められている。重厚そうな鉄の扉は、押してみたが開く気配は全くなかった。少しの遊びもなく、壁のごとく動かない。

「この扉が出口のような気がするな」

「そうでしょうね。ということは、やっぱり……」

ふたりは会話を止めた。入ってきた扉が開いたのだ。

「そっちはどう？　何かわかったか？」

顔をのぞかせたのは小泉だった。背後に心配げな亜実の姿も見えた。

「何もわからない」

福永は首を振った。

「いったん戻りましょう。明らかにこの状況は異常です。冷静に話し合うことが必要です」

藍が福永に耳打ちした。

「そうだな。出口探しより状況確認が先かもしれない」

議論が必要だった。何かが起こっている。いや、何かに巻き込まれてしまったのだ。

ふたりが先ほどの部屋に戻ると、すでに同じく数人が他の扉を調べている。しかし、出口などは見つかっていないようだ。

「あの……動き回ると危ないかも。先にみんなで話し合いましょう」

小泉が声をだすと、周囲を見回していた秋山がうなずいた。

「小泉の言うとおり、落ち着いて話し合おう。こんな場所でパニックはまずい。勝手に動き回るのもやめよう。なんか変だ」

「まず、なんでこんな場所にいるのか、だよね……」

うなずき言ったのは恵美だった。中谷《なかたに》恵美、三年生。椅子の背もたれに手を置いて立っている、その姿はこんな場所でさえ綺麗だった。細い体のラインと、整った鼻筋と大きな瞳。腰近くまで緩やかに流れるストレートの細い髪は、染めてもいないのに栗毛《くりげ》色をしている。彼女は全体的に色素が薄いらしく、肌の色も儚《はかな》いまでに白かった。

福永はそんな彼女を心の内でお姫様と呼んでいた。

福永が彼女を最初に見たときの印象は、壊れそうな繊細な玩具、だった。他の人間も彼女を見るとそんな感情を抱くらしい。そして、このようなマイナーなサークルにこれだけの人数がいるのは、彼女が主なる要因だった。サークルのメンバーの三年生は、ほぼ彼女に好意を持っているがため活動をしているようなものだ。

恵美に好意を持った人間の行動は二パターンある。破壊か服従。彼女に告白をして玉砕するか、恋愛感情を胸に秘めたまま彼女のそばにいるか。

このサークルのメンバーの三年男子は後者を選択したのだった。要するにこのサークルは、恵美という箱を見守る集団なのだ。彼らは箱の周囲に立ちつくすだけで開ける勇気を持てない……。

「あのさ、私たちってさあ、確か、あの廃墟を探してて……」

恵美はか細い声を絞りだした。他の十人は自然に恵美の周囲に集まった。

「そうだ。なんでこんな場所にいるのか知ってる人は？」

福永は周囲を見たが誰も答えなかった。

「なんで俺たちが閉じこめられたかゆっくり思いだそうぜ」

松浦が少しだけ軽い声を出した。そんな松浦に、ちらっと藍が視線を投げた。

しばらく場が沈黙する。どうしてここにいるか、との解答は出そうになかった。

「あの、秋山さん、そっちは何がありました？」

福永は扉の向こうを確認したらしい秋山に聞いた。

「妙だった。ガランとした部屋で寒かった」

秋山は額の汗を拭いながら扉を指さした。

「あそこは洗面所。奥の扉にはトイレがあった」

松浦が調べた扉を向いて顎をしゃくった。

「俺が調べた扉の向こうには個室が十四部屋。ベッドがある程度の簡単な部屋」

時計のある壁を向いて、右手が福永の調べた扉。左手に秋山の調べたガランとした寒い部屋の扉。後方に洗面所の扉。

「で、廊下の突き当たりの扉はノブが取られていて、こっち側からじゃたぶん開かないっすね。たぶん、その開かない扉が出入り口のような気がするんですが」

福永の言葉に恵美が顔を曇らせる。何者かによって拉致《らち》された、と、そんな可能性も出てきた。拉致されたとしても疑問がある。何故拉致したのか、何故このような複雑な行動を取ったのか。とにかく嫌な予感が膨れあがっていく。

体を震わせる恵美を支えるように、周囲に三年の男子が立っている。壊れやすい玩具がある故に、この異常な状態でもパニックが防がれているように思えた。

「大丈夫だよ。閉じこめられたとは限らない。まだわからない」

秋山がぎこちなく笑顔を作った。

「まず、松浦さんが言ったように、ゆっくりと思いだしましょう。こういうときって、時系列を整理していくことが重要なんですよ。どうしてこうなったかを整理するべきです」

藍がひと言ひと言ゆっくりと朗読するように言った。実況をするアナウンサーのような、そんな作業的な口調が場の空気をなんとか抑え込んだ。

しかし次の瞬間、落ち着きかけた雰囲気は破壊された。突如、室内に甲高い音が響いたのだ。福永の隣にいた亜実が悲鳴を上げ、藍もびくんと全身を震わせる。

硬直した福永が聞いたのは、部屋に響き渡ったピヨピヨというヒヨコのような鳴き声だった。時が止まったような部屋の中で、ただピヨピヨと間抜けな音が鳴り続ける。状況がつかめないまま音だけが響く。まるで夢の中で突如鳴った目覚まし時計の音を聞いているかのようだった。

「……携帯？　誰かの携帯じゃない？」

つぶやくように言ったのは恵美だった。

その言葉に、福永は反射的にポケットを探った。しかし何も持っていない。携帯も財布もポケットには入っていない。

ピヨピヨという電子音が不意に途切れ、同時に福永は動いていた。電子音が聞こえた方向は、Uの字形に椅子が並んでいる場所からだった。

革張りの重厚な椅子は十一脚あり、その中央に小さな丸い木製テーブルが設置されている。テーブル上にはカラフルなグラスが三つ並んでおり、色は赤、青、緑。中央に真っ赤な花が飾られた花瓶と、鉛筆が数本入っているペン立てが置いてあった。音源を探しにきた小泉と藍も付近に視線を巡らせている。

「……あった、これだ」

福永はテーブルの下に落ちていた携帯電話を拾い上げた。折りたたみ式の真っ黒な携帯電話。表面が妙につやつやとしている。後から黒くペイントしたかのようだ。

福永は携帯電話を持って、他のメンバーの集まる場に戻った。

「メール、ですかね」

藍が言った。

「……開いてみていいかな」

福永は答えを待たずに折りたたまれた携帯電話を開いた。薄暗い部屋の中で、携帯電話の画面が光を放った。横から藍も覗きこむ。

妙な携帯電話だった。画面以外がほぼ真っ黒くペイントされている。メーカーも機種もわからない。そして、ボタンもなかった。ボタンを削られその上から黒いプラカラーで塗りつぶしたような感じだ。

画面にはシンプルに『メール一件受信』と表示されていた。

「ここ、決定ボタンだけ生きてますよ」

丸いボタンだけが削られずに残っている。福永はちらっと周囲を見てから、その決定ボタンを押して、携帯電子メールを開いた。

画面に受信内容が表示された。

【村人たちは異変を感じた。いつも過ごしている村と明らかに様子が違ったのだ。しかし、何が違うのかをはっきりと断言できる村人はいなかった】

「なんだよこれ……」

福永はその内容に背筋がぞわっと粟《あわ》だった。意味が全くわからないぶん、不気味さが増している。

「なんて書いてあったんだ？」

秋山が聞いたので、藍がメール内容を読み上げた。

「ど、どういう意味？」

恵美が顔を歪めた。

「馬鹿にしてんのかよ」

近寄ってきた松浦が携帯電話を奪い取り、メールを読んでから床に投げつけようとした。

「待て」

福永は反射的にその手を押さえた。

「壊しちゃまずい。通話ができるかもしれないだろ」

福永は松浦から携帯電話を奪い返した。

「そういえば、携帯持ってる人は？」

小泉が周囲を見た。皆はそれぞれポケットをまさぐったが、すぐに首を振る。

誰も携帯電話は持っていなかった。もちろん普段は持っていたが、この場にはないということだ。そして、財布や腕時計すらもないことがわかった。

「俺のサングラスもなくなってる。ブランドものだったんだ」

秋山が緊張した雰囲気の中、あえておどけたように言った。

「私物は基本的に取られたのかな。残されたのは服ぐらい」

福永は後ろポケットからティッシュを見つけた。

「俺のサングラスが取られたのに、松浦のが取られてないのはおかしいよな」

「俺のは少しだけ度が入ってるからですかねえ。ほら、部長のメガネも取られてないっすもん」

松浦が指さしたのは、黒縁メガネをかけた三年男子、このサークルの部長の中村《なかむら》だった。

「私もハンカチぐらいしか残ってない」

亜実が青いハンカチをスカートのポケットから取りだした。皆も役に立ちそうなものは持っていない。

部屋にある唯一の携帯電話を藍と調べてみたが、こちらから通話をすることは不可能だった。ボタンは削られその上から塗りつぶされ、唯一生きているボタンは来たメールを読むくらいしかできない。

「くそっ、誰かタバコ持ってない？」

松浦がポケットを探っている。

「今、何時なんだろう」

長い髪を揺らしながら首を振ったのは恵美だった。

福永は携帯画面を見たが時刻表示はされていない。藍は部屋の壁を見て首を傾げる仕草をした。

「どうした藍？」

福永の問いに、藍は壁を指さした。

「あれ、時計ですかね？」

壁を見ると、丸い壁掛け時計のようなものがあった。しかし、すぐに違和感に気づく。時計の針が一本だけしかない。サウナなどにある十二分計のようなものだ。現在針は十時の辺りを指している。

「変な時計だよね」

時計を見にきた小泉が言った。

少し近づいて調べてみると確かに妙だった。丸い時計盤の下半分は黒く塗りつぶされており、反対に上半分は白い。そして、一本しかない針の先には丸いプレートがついている。

「――太陽だ」

福永はつぶやいた。丸いプレートには太陽が描かれている。

――夜と昼。

福永はそんなイメージを持った。時計盤の上が空、そして下が海。針は太陽の動きを表現している気がする。

針の位置から推測すると、現在は朝ぐらいなのだろうか。太陽は水平線から出たばかりの位置にある。

……いや、その情報が真実だとどう証明できるのだ？　それに、全てが異常なこの空間で、時刻がわかったところでなんの助けにもならない。信じられるのは自分の感覚だけだ。

「剣があるけど……取れない」

時計の横に西洋のサーベルのようなものが飾られていた。小泉がジャンプをして取ろうとしていたが、壁にしっかりとくくりつけられているようだった。

また部屋の空気が淀《よど》んでいくのがわかった。得体の知れない状況。真っ暗闇の中で立ちつくしているような感覚。異臭を放つ足下の泥。そんな不快感と不安定さ。

「ちくしょう、ふざけやがって」

誰かが吐き捨てた。

異常な圧迫感に福永の頭がちりちりとする。亜実が呼吸を乱して咳《せ》き込んだ。

「早く出口を探そうぜ」

誰かが叫んだ。それが引き金になり、数人が立ちあがる。

「皆さん、私はこう思うんです。これが映画だったとしたら、まずパニックになって怪我人が出るという導入部です。状況の深刻さをアピールするために、そんな混乱したシーンを入れますよね」

またも場を落ち着けたのは部外者の言葉だった。藍がぎこちなく笑顔を作っている。

「でもこれは映画じゃありません。私たちはもっと理性的な行動ができるはずです。こんなときだからこそ、冷静な議論と行動が求められています。そうですよね、恵美さん」

藍は、恵美に視線を向けた。

「う、うん、そうよね。みんなで話し合って行動したほうがいいよね。慌てて動いて誰かが怪我でもしたら困るから」

恵美はすでに落ち着いていた。そんな恵美の雰囲気はすぐに周囲に伝染する。福永は、恵美を見てこの人がいてよかった、と思った。彼女の周囲には何か心を安定させる物質のようなものが漂っているかのように感じる。

「やっぱり、もう一度状況確認ですね。どうしてこうなったか話し合う必要があります。ほら、私たちって二つのグループに分かれて行動していたから、お互いの行動を知りませんよね。それを含めて議論しませんか?」

藍の口調は冷静だった。しかし、そばに立つ福永は、藍がだらだらと汗をかいているのを見た。首筋はべったりと濡れ、ワンピースも背中に張りついていた。

福永は先ほど握った藍の手が震えていたことを思いだした。冷静に見せているのは表面上だけなのだ。どんなに理性的であっても、彼女はまだ十七歳の女の子だ。

「藍ちゃんの言うとおりだと思う。状況を整理してから動くほうが効率がいいし安全だよ。意思統一をする必要もあるし」

周囲を見回していた小泉が同意した。

「それがいいね。ねえ、みんなそうしよう。詳しく調べるのはそれからでもいいし」

恵美の声は少しだけ上ずっていたが平静だ。汗もかいておらず自然な表情を保っている。しかし、その自然さは、この現実を受け入れることを放棄しているようにも思えた。

「みんな座ろうか。いったん落ち着いたほうがいいと思う」

恵美の声に藍を含め全てのメンバーが床に座った。キャンプファイヤーを囲むかのように円になる。

「私たちから話す？　廃墟を見つけたんだよね」

恵美が額に人差し指を添えながら口を開いた。

十人のメンバーは二手に分かれて目的の廃墟を探そうということになったのだ。オカルトサークルのメンバー構成は三年が六人、二年が四人。そのまま学年で半分に分かれたのだった。そして、福永たちは部外者の藍を加えて五人。

ちなみに四年はすでに活動から離れており、一年のメンバーは存在しない。アクティブにメンバー募集をしなかったのだ。三年がサークルを引退したら、あとは二年の四人で気軽に活動しようということになっている。バンドでも組もうかという軽いノリだった。

「……それにしても、よく見つけられましたね」

小泉が咳払《せきばら》いをしてから聞いた。

「俺たちは携帯でメールのやり取りをしながら探したんだ」

三年の秋山が言った。ジーンズに白いTシャツのラフな格好の秋山は、恵美を守るかのように彼女の隣に座っている。この状況で比較的落ち着いている秋山は、普段もこのサークルをまとめる中心的な存在だった。

「メールってどことですか？」

「あのサイトだよ。なかなか見つからないから、返事を期待しないで一応メールを出してみたんだよ。そうしたら返信があった」

秋山が言ったのはあの自殺サイトのことだろう。

「それから、俺たちがどこにいるかとかメール送って、細かいやり取りをしながら進んだら廃墟を見つけた」

福永はどきりとした。何か変な感じだった。まるでこちらが探して見つけたというより、見つけさせられたかのような……。

「そこは朽ちたホテルみたいな場所で、ちょっと怖かったよね」

恵美が言ったその廃墟は、福永たちも目にしている。建物全体を蔓《つる》に覆われ緑の山のようになっていた建物。人の手が入らないと、たった数年であれほどに朽ちるのだ。もしも世界から一瞬にして人類が消えたとしたら、数十年でコンクリートの街は崩壊するに違いない。百年後には文明の証拠すらも跡形なく消滅していることだろう。地球上に残る文明の跡はピラミッドなどの巨大遺跡だけとなる。

「それで、俺たちは、とりあえず中に入った」

「秋山さんちょっと待って。すぐに入ったんですか?」

福永は口を挟んだ。

「ああ、そりゃ入ってみるだろ。そのために探したんだからよ」

「最初は様子見で俺と秋山で入って、特に変な物はなかったからな」

口を挟んだのは川田だった。川田と秋山は気が合うようで、大学でもふたりで行動している姿を見かける。先ほどまで部屋の壁を殴りつけるなど混乱した様子の川田だったが、今は落ち着いている。

「もちろんあとから私も入ったよ。ひとり外に残るのも怖かったしね。あと、秋山君と川田君が中に入っているうちに、小泉君に電話をかけたんだけど」

恵美が小泉を向いた。あのとき小泉が受けた廃墟発見の電話は、そのタイミングでかかってきたのだ。

「でさあ、六人で探索しているうちに、なんか妙な部屋を見つけたんだよな」

川田が記憶を辿《たど》るように説明をする。

「どの部屋もガラスが散らばったり汚い部屋だったけど、ひとつだけ綺麗な部屋があって、三階だったかな……何もなくてガランとしてた」

「みんなそこに集まったよね」

恵美の声のトーンが落ちた。曖昧《あいまい》な記憶を探るかのように視線を迷わせている。

「妙な匂いがしたところまで憶えてるな。何か意識が朦朧《もうろう》とした。何があったんだっけ？　あの部屋をちょっと調べようってことになったよな……」

秋山が言い、他の五人も記憶を呼び起こそうとしている。

「殴られたんじゃねえか？　頭にドシンとくるような感覚があったぞ」

言ったのは髪を金色に染めている三年の司馬だ。先ほどから怒号を上げていたのも司馬だった。彼は普段から短気な所がある。

「部屋には僕ら以外に誰もいなかったよ」

怯えた様子で座り込んでいるのは青沼《あおぬま》だった。赤いベースボールキャップを被っている彼は広島県出身なのだ。福永の先輩だが、小柄でよく高校生に間違えられる。

「おまえはぶるぶる震えてただけで、いたとしても気づかねえだろうが」

司馬が青沼に悪態をついた。

「でも、青沼君は部屋の写真を撮ってたよね」

恵美に声をかけられ、青沼は少しだけ表情を緩めた。

「うん、会報に特集で載せるつもりだったから」

青沼の趣味のひとつにカメラがあるのだ。同じカメラで撮っても、何故か青沼の写真のほうが上手く見える。ただ、当然のようにカメラはこの部屋にはない。

「そもそも、廃墟特集なんてやろうって言いだした中村の責任じゃねえか？」

司馬は廃墟特集を企画したサークル部長を非難した。黒縁メガネをかけた中村は、膝《ひざ》を抱えたまま困った顔をする。

「それは、みんなの意見でしょう。誰の責任とかじゃないっすよ」

福永は沈黙する中村を擁護した。

「まあまあ。とりあえず、そこまででいいんじゃないですか。次は僕らのこと話しますよ」

小泉がやりとりを遮った。

「――と言っても、同じような感じだったかな。恵美さんの電話のあと、しばらくして恵美さんと秋山さんからメールが来たから、廃墟を見つけたんだよな福永」

小泉がこちらを見たのでうなずいた。

「……ちょと待てよ、俺、メールなんて出してねえぞ」

「私も出してないよ」

秋山と恵美の言葉に、福永たちは顔を見合わせた。

「いや、よく考えればそうだよな。さっきの話からすると、当然秋山さんたちがメールを送ってくるわけないよな」

不穏な空気の中、福永はつぶやいた。しかし、誰がこちらにメールを送ったのか。あの廃墟に福永たちを誘い込み、この場所に監禁したのは何が目的なのだ？

「で、それから俺たちは廃墟に着いて……亜実が恵美さんにメールを送った。メールはすぐに返信があったんだ」

福永は首を傾げる恵美を制して続ける。

「そのメール内容は三〇一号室で待ってる、とかだったはず。で、俺たち五人でその部屋に向かったんだ。そうしたら、ガランとした部屋にソファーが置いてあって、誰かが座っていた。すぐに恵美さんだってことがわかった」

見えたのはソファーに座る恵美の後ろ姿だった。異様な光景に福永は硬直した。すぐに駆け寄るべきだったが動けなかった。死んでいると思った。廃墟に美人の死体というマッチングはあまりにも自然に見えてしまったのだ。この廃墟探しの序盤から感じていた胸騒ぎが具現化してしまった……。

硬直しつつも声をかけたのは小泉だった。しかし返答はなく、五人は恵美に駆け寄った。

「死んでるのかと思って、心拍を確認したりして……」

「え、心拍って？」

小泉の言葉に、恵美が上ずった声を出した。

「え？　はい、鼓動を確認して生きてるってほっとしましたけど」

「こ、小泉君が確認したの？」

「いえ、確認したのは私です」

恵美の言葉の意図を察した藍がそう言った。

——眠ってるだけです。

慌てふためく四人をよそに、藍が恵美の手首や胸を触ってそう言ったのだ。

少しだけ安堵し、そして他の五人はどこにいるのだろうという疑問が生じた。恵美ひとりを置いていくなど、あり得ないことだったからだ。何かが起こっているのでは？　と、そう思った。

同時にあの部屋が妙だったことも憶えている。朽ち果てた廃墟の中で、あの部屋だけ割れていないガラスが窓枠にはまっていた。なので異常に蒸し暑い部屋だった。

「なんかツーンとしたような甘い匂いがしましたよね。そして、その辺から意識がありません」

藍が鼻に人差し指を添えた。

やはりあそこの場面がポイントだった。記憶に残っている最後の場面。肌の色が白いため生命の息吹を感じさせない恵美。空中に舞う埃、真っ黒に焦げ付いた壁、外から聞こえるセミの声。鼻が痺《しび》れるような甘い匂い。背後で扉の閉まる音……。

「まとめると、やっぱり俺らはここに連れてこられた、ってことか」

福永はつぶやいた。廃墟探しをしているつもりだったが、福永たち十一人は廃墟に誘い込まれたのだ。ここがどこだかはわからないが、あの廃墟からここに連れ込まれたのは確実だった。つまり拉致。

しかし、なんのために？

冷酷な現実に不穏な空気が流れた。横にいた亜実が、ぎゅっと福永の手を握った。

「私たちは眠らされたの？」

言ったのは恵美だった。彼女自身は意識してないだろうが、怯えを表現するか細い声を出した。彼女はどの状況でもそのシーンにぴったりの声と表情を作る。

高校のときは演劇部だったようだ。しかし彼女の人格構成に、その要素はあまりに小さいと感じる。聞くところによると、恵美の母親はとても厳格だったらしい。高校まで門限が七時、男女交際禁止、外泊禁止……。恵美はそんな母親に対しての防衛として、表現という武器を身につけたのではないだろうか。純真無垢《むく》で扱いやすい子供を演じたのだ。

「眠らされたとしたらどうやって、かな」

「誰に眠らされたか、ですけど、誰も実行犯を見ていないので、例えばガスみたいな感じですかね」

藍が恵美の問いに答える。

「催眠ガス、なんてあるの？」

「クロロホルムとか、あるんじゃないか？」

秋山の言葉に首を振ったのは藍だった。

「確かにクロロホルムは有名どころですが、実際は人間を眠らせるような成分は含まれていないようですよ。また、軍事的に利用されているガスなどは後遺症もあって、たぶん、私たちのこの状態から考えると、それも違うような……。もしかしたら、私たちの知らないようなガスがあるのかもしれませんね」

それらの会話は、少しだけ冷たい現実から目を逸らさせた。しかし、いつまでも目を逸らしたままでいるわけにはいかない。そろそろこの状況を受け入れ行動せねばならない。

「もう一回調べてみよう。体調悪い人がいたら動かないで、できる人間で手分けをしてこの場所の隅々まで調べる。……どうでしょう」

福永は三年の秋山に視線を向けた。

「ああ、今度は慎重に細かく調べるべきだな」

秋山が立ちあがり、周りに声をかける。

「そんなに広くないけど、ひとりで歩き回らないようにする。いろいろ危険もあるかもしれないから、ある程度チームを組んで捜索する。変なものを見つけたら、できるだけ触らないで周りに声をかけたほうがいい」

「それがいいよね。気をつけて動こうね」

恵美がうなずき、皆が立ちあがった。秋山が中心になり、チーム分けや捜索場所が振り分けられる。

明らかに異常すぎるこの状態の中、理性的な行動が取れたのは藍と恵美の存在が大きかった。立場的には部外者で一番年下の弱者である藍。そんな彼女のクールな言動と、守らねばならない存在である恵美。ぷっつりと切れてもおかしくなかったメンバーの精神状態はギリギリで繋《つな》がれた。

十一人での出口探しの再開。

三年男子の五人は、あの十四の部屋のあるエリアを探している。あそこが一番調査に労力がかかり、出口も発見されそうな場所だった。

小泉は松浦と現在トイレのある部屋を捜索していた。通気口などから外に出られないかという考えもあるようだった。

先ほどまで議論をしていた場所には恵美と亜実がいる。恵美と亜実は動かずに待機となっている。常に同じ場所に誰かがいたほうがいいと同時に、恵美を気遣う理由もあった。

福永は藍と一緒に、部屋の椅子などがあるエリアを調べていた。

藍はじっと革張りの椅子を見ている。藍の思考はすでに外から内へと向かっているのがわかった。すでにこの場所に閉じこめられている現実を受け止め、どんな場所に閉じこめられているのか、という思考に切り替わっている。

丸いテーブルの上には真っ赤な花が花瓶に挿してある。薔薇《ばら》のように見えるそれは造花だった。花瓶はプラスチックのシンプルなもので、ペン立てには無料で配られるような安っぽい鉛筆が三本だけ入っている。薔薇の造花に手を触れてみると、ポリエステル製の真っ赤な花びらがはらりと落ちた。

「ねえ、何かわかった？　あまり私から離れないで」

心配そうに近寄ってきたのは亜実だった。恵美の腕につかまっていた亜実は、枝から枝に飛び移る小鳥のように、福永の腕にしがみついた。亜実はいつでも、精神的に誰かにしがみついている。

「何もわからない」

福永は首を振った。横にいる恵美も心配げな視線を向けている。なんだかんだと、このふたりも動き回っているのだ。この状況で待機は精神的に負担のかかる行動のようだった。

「ねえ、あれってなんだろう。気味が悪い」

亜実が指さしたのは壁に掛かっている絵だった。確かに亜実の言うとおり気味の悪い構図の絵だった。側面に付いている小さなライトで照らされ、絵が浮かび上がっているように見える。

人間が描かれている。どこかの村、のような感じの農具を持った村人の集団。少しだけデフォルメされアニメチックでありつつもリアリティの残った人間だった。そして福永をぞっとさせたのは人々の表情だ。

「みんな怖がってる感じだよ」

人々の表情には恐れが張りついていた。恐れに抗うかのように農具をかざし何かを叫んでいるような感じだった。

「なんで、こんな意味のわからない絵を飾ってあるの？」

「俺に聞かれてもわからないよ」

「私たちを怖がらせるためかな」

それでも亜実はじっと絵を凝視している。亜実の恐怖の原因は、この状況の理由づけができていないことにある。密室に散らばる無秩序な情報を整理できていないのだ。

それ故に、怯えながらも情報を取り込もうとしている。

「……気持ち悪い」

亜実は絵から目を逸らして首を振った。

「少し休んでろよ。俺はできるだけ亜実の近くにいるようにするから大丈夫。それに、亜実の爪《つめ》が腕に食い込んで、痛い」

福永は腕にしがみつく亜実に言った。

「でも……」

「亜実さん、少し横になったほうがいいですよ。すっごく顔が青いです」

藍が福永に寄り添う亜実をちらりと見た。

「亜実ちゃん、そうしよっか」

恵美はそう言うと、素直に亜実の手を引き空いたスペースに下がっていった。壁際で亜実が半ば強引に恵美の膝枕《ひざまくら》で横にならされるのが見えた。

「福永先輩、この絵の意味はわかりますか？」

藍が絵画を指さした。

「絵のことか？　まず、水彩画っぽく見せてるけど、なんか違うな。液晶画面っぽくないか？」

「あ、確かにそうですね。それは気づかなかったです。私が疑問に思ったのは……彼らが何に怯えているか、です。この絵には解答がありません。人々はただ怯えているだけです。絵画としては未完成ですよね」

藍の言葉に、福永は絵をじっと見つめた。確かにこれは部屋に飾られただけの絵ではない。何かメッセージが込められているように思える。だとしたら、彼らの恐れの原因とは？

「この場所の雰囲気作りのガジェットとしては手が込んでるもんな」

「雰囲気作りのためだけにあるとは思えないですよね。あと、あの大画面とか」

藍が指さしたのは、壁の真ん中付近に設置された画面だった。現在何も映っていない画面は、闇を表現しているかのごとく黒だった。

「スイッチはないんだよな。リモコンも見あたらない」

「何かを映すんですよね。あと、この椅子は画面を見るような感じになってますよね」

十一脚の椅子は画面が見えるようにUの字形に並んでいる。椅子に座る気にはなれないが、何かマッサージチェアーのような形状だった。

右の肘掛《ひじか》けの先にボタンが付いているのが気になった。電話のボタンのように並んだ0から9までの数字。決定とキャンセルのボタンもある。

「私が一番気になるのは……この椅子の数が十一脚だってことなんです」

藍はボタンを調べながら言った。十一はここにいる人間の人数と同じだ。

「座れってことかな」

椅子に座らせて何をさせようというのか。

そんなとき、カチンと音がして、反射的に藍が福永に抱きついた。

「あの、時計だよ」

太陽の針が回る時計。その針がカチリと動いたのだった。

ふたりは顔を見合わせて息をついた。

「す、すいません」

未だに抱きついていた藍が、福永から距離を取りちらっと亜実のほうを見た。

「ちょっとびびったよな」

「はい。こう見えてもか弱い女の子ですから」

藍はぎこちなく笑顔を作った。

ふたりはしばし沈黙した。調べれば調べるほど、状況を把握できるどころか不可解さが増すばかりだった。調べるほどに状況の判明どころか、圧迫感だけが増してくる。

福永は気味悪さに吐き気を感じていた。

「他を探しましょうか」

藍の呼吸もわずかに乱れている。唇は乾き、額には発汗。スポーツでかいた汗とは違うべたつく濁った汗だった。

福永は洗面所のドアノブに手をかけ首を傾げた。ノブが回らない。

「それ、逆に回すんです」

藍がノブを回すジェスチャーをしてみせた。

「左回しか」

通常は右に回すようにできているが、この洗面所のノブは逆回しだった。施工でミスしたのだろうか。左にノブを回すと、洗面所の扉は軋《きし》みながら開いた。洗面台の前に立っていた小泉がこちらに振り返る。

「なんかあったかい？」

「いや、新たな発見はない。問題ないならいいよ」

洗面所の横に扉がついており、その向こうが洋式のトイレになっている。半開きの扉の向こうで、トイレを調べる松浦の姿が見えた。

福永は小泉たちの無事を確認して扉を閉め、藍に向いた。

「他は別グループが探してるから、俺と藍であっちの部屋を調べてみようか」

洗面所、十四の部屋、そしてもう一つ扉がある。

福永は、壁際で亜実のケアをしながら座る恵美に目配せをしてから、藍と一緒にその扉の中に入った。開けた扉は自然に閉まった。

六畳ほどのスペースの窓もない四角い部屋。天井に非常灯のような小さなランプが数個あり、空間を薄暗く茶色に照らしている。

部屋の中には何もない。

「……寒い」

藍が両肘を抱えるようにして言った。確かに寒かった。天井の小さな通気口から冷気が落ちてきている。冷蔵庫のように室内が冷やされていた。

「やっぱり何もないですね」

「なんでこんなに冷やしている？　まるで……」

福永は言葉を止めた。嫌なものを連想してしまったのだ。横を見ると、藍が真っ青な顔をしていた。

「大丈夫、ただの脅しだから」

「……ただの脅しだったらこんなことしません」

藍の肩が震えだした。

「藍……大丈夫だから」

福永はそっと藍の肩に手を置いた。

そんな藍を見て思いだした。高校時代、まだ高梨藍が福永にとって高梨先輩の妹でしかなかった頃のこと。

福永が高校三年のときの体育祭。

全員参加のクラス対抗リレーがあった。一年から三年までランダムな組み合わせで予選を行い、最後に八クラスで決勝を行うのだ。ひとり二百メートルほどで、クラス三十人が走るという全員リレーだ。

決勝の八クラスは、三年と二年のクラスで占められるのが通常だった。しかし、その年は決勝進出を果たした一年クラスがいた。偶然に運動神経のよい人間が集まったのと、陸上部が沢山いたのが幸いしたのだ。もちろん福永のクラスも決勝進出を果たしていた。

ある意味、クラス対抗戦として一番盛り上がる種目であった。その中で、一年が残った物珍しさなども含めて、その一年クラスは決勝に残れなかった全てのクラスから応援され注目を集めていた。

決勝のリレーが始まり、その一年クラスは中盤まで下位だったが、終盤に固めていた陸上部の走りによって一気にトップに躍りでた。

そして、残り数人となった終盤、福永はリレーのバトンをぼんやりと待っていた。どう考えても福永のクラスは最下位確定だった。福永以降は女子しかいないのだ。それでも、陸上部である福永がトップを取って、そのまま貯金を増やせという無茶な視線があった。また、福永と別のクラスだった小泉も決勝に出ており、女子の歓声を浴びて走っている姿もあった。と、まあそれらの話はあまり関係ない。

問題はバトンを待つ福永の横で、硬い表情で立っている藍だった。藍はトップでバトンを受け取ると、大声援のなか走りだした。続いてバトンを受け取る後続。逃げる藍は、まるで追われる兎《うさぎ》のような……。

福永が最下位でバトンを受け取り走りだしたとき。悲鳴のような歓声が上がり、見たのは転んで倒れている藍と転がるバトンだった。後続と交錯して倒れたのだ。

そのときの藍の表情を今でも憶えている。転がったバトンも探すことができずに、ただ体を震わせ倒れていた藍。それは残酷さとセクシャルが同居したシーンだった。

あのときの表情に似ていた。というより、弱さを見せた藍はあのときしかなかった。日常での藍が弱みを見せたのは……。

「……ここってまるで霊安室です」

福永にもたれかかる藍はとても小さく感じた。

「大丈夫、俺がいるから」

福永が震える藍の体を抱きしめようとしたとき、扉のノブがガシャリと回った。

「ねえ、ふたりとも集まって」

顔を出したのは亜実だった。

「何かあったんですか？」

さっと福永から距離を取っていた藍が答えた。

「また、あの携帯にメールがきたの」

亜実が怯えを含んだ視線を向けた。

＊

【異変に戸惑う村人たちに助言をするものがいた。それは一匹の獣だった】

「……意味がわかりませんね」

携帯電話のメールを読んだ藍が言った。

再び十一人は中央の部屋に集まっていた。携帯電話にきたメールについて議論するために集まったのだ。

「あと、なんか見つかりました？」

福永は十四の個室があるエリアを探していた五人を見た。三年男子の五人。秋山、川田、司馬、中村、青沼。

「個室のひとつにこれがあった」

秋山は段ボール箱を指さした。二つ積み重ねられた、ロゴの入っていない約五十センチ四方の段ボール箱。

「中身は携帯栄養食品とミネラルウォーターだ」

川田が段ボール箱の上に平べったい黄色の箱とペットボトルを置いた。黄色いパッケージの箱はブロッククッキータイプ携行食品。ミネラルウォーターはコンビニでも売っているメーカーの五百ミリリットルのペットボトル。

「ブロッククッキーは、チーズとフルーツ、メイプルフレーバーだな。一箱に四本入ってる」

秋山が黄色いパッケージを皆に見せた。

「餓死させようって気はないんですね」

それらの物資を見た小泉が言った。

「閉じこめる気満々だとも言えるよな」

「司馬君」

ネガティブなことを言った司馬を、恵美がたしなめるように見つめた。司馬は肩をすくめて視線を逸らした。彼もまた恵美だけには弱いのだ。

「水もらっていいかな？　喉が渇いて……」

か細い声を出したのは部長の中村だった。華奢《きやしや》な体にぼさぼさの頭。黒縁のメガネをかけており、容姿のままに性格も内向的だった。彼はこの状況の中、まだほとんど意見を言っていない。ただ、周囲と一緒に行動をしていた。

「大丈夫ですか、部長」

福永は生気のない表情をしている中村にペットボトルを渡してやった。

部長をやっているのは、面倒なものを押しつけられたようなものだった。もともと、彼は人数あわせのために無理矢理に先輩からこのサークルに引き入れられ、やめることもなくこのサークルにいる。ただし、嫌々やっているようには見えなかった。浮いている感もあるが、それでも仲間と一緒に活動ができることに、内心は喜びを感じているのかもしれない。

「食ってみます？　変なもの入ってる可能性もあるけど」

水を飲む中村の横で、小泉がブロッククッキーを調べている。

「それよりも、メールの内容だろ？　一匹の獣ってなんなんだ？」

福永は言った。このメッセージにどんな意味が込められているのか。

「獣を探せってことじゃないですかね」

藍が周囲を見回している。

「獣なんてどこにもいなかったぞ。獣なんて見た覚えはない」

秋山が首を振る。福永は小泉に視線を向けたが、やはり首を振った。獣などこのエリアに存在しない。密室に閉じこめられた生き物は、人間たち十一人だけだ。

「獣か……。実際に獣じゃなくて、イメージだと思うんだけど。どっかに関連するものがあったかな？」

小泉が顎に指を添えて考え込んでいる。

「もう一度、探してみませんか？　部屋の獣的なものを……」

藍がそう言ったとき、「きゃっ」と悲鳴のような声を上げたのは亜実だった。周囲から視線を向けられた亜実は、体を硬直させつつ指をさした。

「……あそこにいた」

指さした先は壁にある画面だった。現在真っ黒の画面。

「壁に何かいたのか？」

「違う、画面の中にいたの」

亜実は福永に言った。

福永たちは、あの椅子のあるスペースへと近づく。画面を見たがやはり何も映っていない。電源が入ってないのではないだろうか。

「べつに何も……」

画面を間近で見ていた福永ははっと息を止めた。画面の端を何かが動いた。白っぽい何かが画面に表示されてすぐに消えた。

「何かが横切りましたよ……あっ」

藍が近づき、悲鳴を上げた。

画面外からカットインするようにジャンプしてきたのは白い物体。——白い兎だった。それが画面中央に着地し表示された。アニメ調にデフォルメされた兎だ。

十一人が息を呑《の》む中、兎はぴょこんと耳を揺らして喋《しゃべ》りだした。

『皆さんこんにちは。私は兎のラビットです。仲間からはウサッチとか呼ばれたりしますが、ここではラビットと呼んでください』

キンキン声に福永は思わず後ずさった。真っ黒な背景の中、真っ白な兎が口を動かし喋っている。

『私……お礼に来たんです。罠《わな》にかかった私を助けてくれましたよね。誰だったかよく憶えていないのですが、確かにあなたたち村人の中の誰かです』

ラビットはこちらを向いて真っ赤な瞳を瞬いた。こちら側のことを村人、と言った。

『罠にかかって怪我した足が治ったので、改めて恩返しをしたいと思ったのです。そしてこの村にやってきました。警告をしにきたのです……』

少しだけ間が空いた。メンバーは誰も喋らない。沈黙はとても長く重々しく感じられる。

『私は見たのです、あなた方の村に向かう魔物を。人間を食い殺すという魔物です』

ラビットは再び沈黙したあとに首を傾げる仕草をした。

『あれ、魔物のことをご存じないのですか？　ではそこから説明する必要がありますね。魔物の誕生は遥か昔のことでした……』

ラビットは淡々と語り始めた。テレビ番組のナレーションのように淡々と魔物の説明をする。

人の生き血を吸う魔物の存在。魔物は夜毎《ごと》に集落に忍び込み、寝入る人間の生き血を吸う。朝になって生き血を吸われた死体が他の村人によって発見される。恐怖におののく村人たちだったが、彼らは恐怖に立ち向かう勇気を持っていた。

魔物と人間の争いはその頃から始まる——。

人々は武器を手に取り魔物と戦った。血で血を洗う戦いの末、魔物は駆逐され人々は勝利したのだった。ただ、魔物は全て駆逐されたわけではなく、人間の手から落ち延びた魔物も少なからずいた。

しかし、その生き残り散り散りになった魔物たちも死を待つばかりだった。魔物は人間を食べなければ生きられないからだ。そして、魔物たちは自らの生き残りをかけて策を巡らせた。

魔物はまず人の皮を被ることを覚えた。血を吸った人間は皮だけが残っている。その皮を被って村人になりすます方法を発見したのだ。

魔物は夜中に村に忍び込むと、まず寝入る村人の生き血を吸う。そして、残った人の皮を被り、そのまま村人になりきったのだ。

その後、夜毎にその魔物はひとりずつ村人を殺していった。パニックになった村人は村の出入り口を見張り、一軒一軒魔物を捜して回る。しかし、魔物は見つからない。

当然だった。魔物は村人になりきっているのだから。

そして、ついに村から人間はいなくなった。全て魔物に食い尽くされたのだ。

村々は徐々に減っていった。村人たちに勇気は残っていたが、戦う方法はなかったのだ。

そこで、人々はさらに散り散りになり、辺境の地にひっそりと集落を作って暮らすことにした。魔物に村の場所を知られないように、息を潜めて生きながらえることを選択したのだった。

そんな辺境の土地は、獰猛《どうもう》な野犬などの獣がいたが、そんな危険な地に住まねばならないほど、人間たちは追い詰められていた。

しかし、魔物はその村の場所を知るために、金銀財宝で寝返った人間の裏切り者を利用した。裏切り者に、隠された村の場所へ案内させたのだ。

こうして魔物と人間の戦いは続いている……。

『そんな恐ろしい魔物です。すでにこの村の中に潜んでいる可能性があるのです』

福永はその話に恐怖を感じるよりも困惑した。何を言いたいのかわからないのが実直な感想だった。今ここでこんなことを言われても、というのが福永の本音だ。痛みに横を向くと、亜実が福永にすがりつくように腕を強くつかんでいた。

『さらに魔物について説明をします。魔物の活動時間は夜です』

なにか違和感があった。不意にトーンが変わったように思えたのだ。

『そして、人間の活動時間は昼です』

福永は違和感の原因に気づいた。ラビットは説明をしていた。雰囲気作りの話ではなく、何かの説明だった。

『夜になったら魔物が襲ってきます。しかし、助かる方法もあるのです』

いつの間にか、どこかの村の話ではなく、自分たちの話になっていたことに気づいた。気づくと登場人物だったという状況。

『家に閉じこもって鍵《かぎ》をかけるのです。それが一番よい、昔からの魔物の対処法なんです。それで完全に守れるかはわかりません。しかし、これだけは言えます。村に魔物がいた場合、夜に外にいた人間は全て死ぬでしょう。魔物どころか、獰猛な野犬などの獣もいるのですから。つまり、夜は必ず家の中に入らねばなりません』

福永の心臓が殴られたように波打った。全身の体毛が総毛立ったのがわかった。

いつの間にか、昔話が自分たちの話にシフトしている。そして、不条理で不可解な言葉を押しつけられていた。

沈黙の中、周囲の人間の息づかいだけが聞こえた。全ての人間は、画面の兎をじっと見つめている。

『ひとり一部屋です。家に入って内側からロックをかけるのです。そうすれば魔物は家に入ってこられないはずです。ロックは万全だからです。ロックをかけるには内側のドアノブについているボタンを押すだけです。一回ロックをかければ、内側からさえ開きません。そして、朝の小鳥の囀《さえず》りと共にロックが解除されます』

ラビットはそう言い、ちらりと斜め上に視線を向けた。

その視線の先には時計があった。あの太陽の時計。もうすぐ……太陽が海に沈む。夜の時間を針が指す。

『……私は助けていただいた村人さんに恩返しがしたいんです。ですから、私の言うとおりにしてください。もうすぐ……もうすぐ夜が来てしまいますよ』

明らかにどこかの村のお話ではない。福永たちの切迫した状況を示している。つまり、夜にこの場所にいるのは危険だと。魔物がいた場合に死ぬ。

福永たち十一人がお話の登場人物なのだ。

「亜実……爪が」

福永の思考を現実に戻したのは痛みだった。亜実がつかむ腕に爪が食い込んでいた。

亜実はそれでも、福永の腕をつかみ続けている。

静寂を破ったのはまたも藍だった。

「……議論。話し合いをしませんか？」

「何を話し合うってんだよ」

吐き捨てるように言ったのは司馬だった。

「いや、兎のことについて、話し合わないと」

小泉は真っ青な顔をしながらも藍に同意した。

「なあ、こんな馬鹿兎のこと信じるなよな。下らない作り話だろ」

ぎこちなく笑った秋山が言った。

「ちょっと待って。信じる信じないは置いておきまして、俺らはどうします？　個室に入るか否か、とか」

福永は意見した。この議論から目を逸らすことは放棄だった。現実の放棄。

「なあ福永、こいつの言うとおりにしろってことか？」

秋山が指さした画面には、ラビットが身じろぎせずに座っている。

「でもさ、秋山さん、どうやったか知らないけど、俺たちは強引にここに連れてこられた。要するに、相手がどこまでやるかわからない。どこまで本気かわからない以上、とりあえず言うことを聞いて様子を見るのもありかも。まだ出口は見つかってないし、今後脱出するにしても、その時間を稼ぐ必要もありますよ」

福永は声のトーンを落としてメンバーの顔を見た。

「命令を聞いた場合、もっと追い込まれる可能性もあるぞ。今のうちなら、逃げるチャンスがあるかもしれない」

秋山は福永の意見に異を唱えた。

「俺もそう思うな。それこそ思うつぼだ」

川田も秋山の意見に同意する。

「どっちにしろ危険だとは思うんですよ。意見を聞くのもありだと、僕は思います」

福永の意見に賛同したのは小泉だった。

「ひとりひとり別の部屋はまずいだろ……」

秋山は顎に指を添えてつぶやく。

「うん、ちょっと無理だよ。こんな場所で一人きりなんて」

恵美も真っ青な顔で同意した。

「状況の整理だけしていいですかね？　どう行動するかは置いておいて。提示された時間も少ないから。その上で意見をまとめる」

福永は時計を指さした。あの時計の針は、すでに昼のエリアを半分以上過ぎて、夜になろうとしていた。

「僕もそれがいいと思う」

小泉が同意し、他も曖昧にうなずいたので、福永は続けた。

「まず、夜と昼という時間の概念について。それはあの時計だと思う。あの兎が言ってた、人間の活動時間は昼。つまり、この昼の時間に何かを……」

「例えば、出口を探したり議論をしたりする時間ですね。そして、夜は個々に部屋に閉じこもることになりますから、議論も探索もできません」

藍がフォローした。

「そう。夜は魔物の時間だから、家に入ってロックをかけろと。家はあの十四あった個室のことだと思う。そして魔物がいた場合、部屋に入らなかった人間は……って言ってた」

福永はあえて死ぬという単語を避けた。思いだしたのは去年の学園祭のことだった。どこかのサークルが、教室を使って脱出ゲームというイベントを行っていた。閉じこめられた状況から始まり、部屋に散らばるヒントを元に脱出を目指すのだ。亜実と一緒に参加をしたのだが、他にも参加者はおり、脱出ゲームは困難を極めた。脱出に向けての一番の障害は、謎解き《なぞと》でもタイムリミットでもなく参加者の意思統一だった。

「なあ、それであの兎を信用しろってのか？」

秋山が、未だに画面に映っている兎を指さした。

「……違いますよ。疑うか、です。私たちを監禁した悪意ある存在を疑うか信じるか、です。信じるなら——これ以上ひどいことをしないと信じるなら、ただ待機しましょう。でも、この状況を設定した存在を疑うなら——何らかの対策は必要です」

藍は冷静だった。兎というクッションを置かれることで現実が見えなくなっていた。そんな状況を冷静に分析したのだ。相手は兎ではなく、その背後にあると。

カチリという音に、全員が時計を見た。針がまた動いたのだ。

差し迫る現実。時間という枷《かせ》は否が応でも現実と向き合わせる。どんな状況下でも冷たく刻まれる時間はとても残酷な存在だ。

「個室に逃げる設定はわかるんだ。でも、逆に危険じゃねえか？」

腕組みをした川田が意見した。

「俺もそう思うんですが、俺たちに危険をってなら、どうにでもできるんですよね。ほら、水も食べ物も与えなくてもいいし、酸欠状態にしてもいい。でも、そうしていないということは、何か他に目的があるんじゃないですかね。だから俺は様子を見るのも仕方ないような気がする」

福永は従うべきだと考えていた。たとえ悪意のルールだとしても、ルールは守るべきだった。ルールを破ったペナルティは確実に存在するからだ。

「私も先輩……福永先輩に同意します。これは明らかに拉致です。私たちが事件に巻き込まれた人質だとしたら、拳銃《けんじゅう》を持った犯人の言動には従わねばなりません。とりあえず、従って逃げるチャンスを待ちます」

藍が福永の意見に追従した。

「藍の言うとおり人質の可能性はある。そうしたら、犯人の言うことに従うべきだ」

営利誘拐の可能性は充分考えられる。これから外で金銭などの交渉が行われるはずだ。

「……どう行動するかは別に、決を取ってみます？」

小泉の言葉に、メンバーは複雑な表情で視線を絡ませた。

個室に移動するか待機か。個室に移動する意見だという人間が手を上げることになった。

手を上げたのは五人。福永、藍、小泉、松浦、部長の中村。多数決ならば否決。

「待って……私はどっちも怖い。この部屋に待機するのも、個室でひとりも」

多数決の結果を見ながら恵美が言った。

「私も恵美さんと同じ意見です」

手を上げなかった亜実も同意した。

「んなのいきなり言われても選べねえよ」

そう言ったのは司馬だった。

「僕も選べないよ。どうしたらいいかわからない」

青沼は弱々しい声を出した。

「てめえはびびってるだけだろうが」

司馬に睨まれ、青沼は帽子のつばを触りながらうつむいた。

「誰だって怖いと思う。しょうがないよ」

恵美が小さく息を吐き首を振る。

「俺は選ぶんだったら待機だ。個室に入って閉じこもったら、逆に何があるかわからない。この部屋で様子を見る」

秋山がはっきりと言った。

「俺も同感だな」と、川田。

この時点で、明確に夜になってもここに残ると意思の表示をしたのはこのふたりだった。

意見が出そろったところで、場にまたも重々しい沈黙が流れる。時間がなかった。時間の経過は、まるで身を削られるかのように感じる。

「あのー、これは俺個人の意見になりますけど、とりあえず言うとおりにしてみて様子を見ません？　これ、何をやってるのか意味がわからない。だからこそ、一回指示どおりにやってみて反応を見る。そして議論する。どうすか秋山さん」

福永は秋山を見た。

「わかった、それでいい。でも、俺はこの部屋に残って様子を見る。そうすれば、どっち側で何が起こったかもわかるだろ。外で見張っててやるから、他は安心して個室に入ってくれていい」

秋山の意見に福永は戸惑った。確かに一番いい方法かもしれないが、それでも、危険があるとすれば秋山側だった。

「ちょっとそれは、心配っすよ」

「大丈夫だろ。俺も一緒に残って調べ続ける」

川田が秋山と視線を合わせてうなずいた。

意見が建設的に積み上がっていくのがわかったが、同時に不安が膨れあがる。果たしてこれでいいのだろうか……。

「でも、私……ひとりで個室に入るのはちょっと。だから秋山君たちと一緒に残ろうかな」

　恵美は心細げに瞳を瞬いている。

「恵美ちゃんは個室に入ったほうがいい。大丈夫、俺たちで廊下も見張るから」

　秋山がにやっと笑ってみせた。

「でも……ひとりじゃ……」

「僕、一緒に入ろうか？」

　おどおどと言ったのは青沼だった。

「てめえはなに言ってんだよ」

　司馬が肘で青沼を小突いた。

「まあまあ、そんなときじゃないですよ。でも、個室にふたりは……」

　福永は司馬を制して言った。個室にはひとりと明言している。

「どうせ閉じこもるなら、ふたりでも同じかもしれませんよ。恵美さんと青沼さんで入ってもいいかも」

　小泉が言った。そんな小泉に、恵美は少しだけ寂しげな視線を向ける。その表情には、この特異状況にそぐわない感情が混ざっていた。

室内にも先ほどまでとは違う不穏な空気も流れていた。恵美とふたりきりという状況。確かに恵美に傅《かしず》いているような青沼なら間違いはないのだろうが、それでも……という妙な空気。

「どうせ個室に入るならルールは守ったほうがいいだろ」

川田が気まずそうに言った。

「確かに、ふたりというのは逆に危険かもしれませんよ」

藍は制約を守ることを促している。

「……私、恵美さんと一緒に入りたいです。やっぱり怖いし、でも、個室にひとりもちょっと嫌です」

すっと恵美の腕をつかんだのは亜実だった。

「そうしよっか」

恵美がほっとしたように亜実を見た。

「じゃあ、今回はそれにしましょうよ。時間がないっしょ」

松浦が時計を指さしている。まだ時間はあったが、それでも夜は近いように思えた。

同時に福永の胸の中に違和感が生じた。

「とりあえず、秋山さんと川田さんが残って、他の人は個室に。亜実ちゃんと恵美さんだけはふたりで個室に入る。こんな感じですけど……」

福永の思考は小泉の言葉に遮られた。

これでいいのだろうか、と思った。場に流れる微妙な沈黙。表現するならうやむやな感じだった。うやむやな感じで行動が決した。

恵美と亜実が寄り添うようにしている。そんなふたりに声をかける秋山と川田。部屋の端で自分を抱きしめるかのように腕を組んでいる藍。小泉は青い顔で画面の兎を凝視していた。

そんな中、時間だけが経過する。すり減る時間は冷酷だった。常に同じ速度で平等に経過する。生命にとって悪魔でも神でもある。

「そろそろ……入らないと」

小泉が擦《かす》れた声を絞りだした。

針は二時方向を指していた。下半分の夜のエリアにもうすぐ突入する。ナイトメアの時間帯。

「行こうぜ。俺らも行ってやるから」

秋山が軽い口調で言った。

十一人は重い足取りで十四の部屋のあるエリアへと向かう。通路の両サイドに並ぶ牢獄のような扉だった。

「……俺から入ります。言い出しっぺのようなところがあったんで」

小泉がそう言い個室の扉のひとつに手をかけた。言い出しっぺは小泉ではなかったが、昔から小泉は責任を被るところがあった。誰にでも優しい小泉、と表されるゆえん。

「小泉君……」

恵美が心配げに視線を向けている。そんな恵美に小さくうなずき、小泉が選んだのは中央の部屋の扉を背にして右手の真ん中の部屋。重々しい重厚な扉が軋んで開いた。

中は先に確かめたとおりシンプルなベッドがあるだけだ。窓も何もない。

小泉は皆が見守る中、部屋の中に入って扉を閉めた。扉には船の小窓のような丸い窓が付いている。そこから中の様子が見え、小泉も確認できた。

扉が開いて小泉が顔を覗かせる。

「こっちからノックしたけど聞こえたかい？」

「いや、聞こえなかったな」

福永は答えた。予想以上に防音が施された扉だった。

「そっか、じゃあ、今度こそロックかけて中に入るから。ロックはこっち側のノブの上についてる」

そう言って小泉は再び扉を閉めた。小窓から小泉の様子が見えたが、不意に消えた。小窓が赤いもので覆われたのだ。

「ロックがかかったってことですかね」

藍が扉のノブに手をかけてみたが、扉は開くことはなかった。小泉が内側からロックをかけたらしい。ロックをかけると、小窓もフィルターで遮断されるのだ。完全な情報の遮断だった。

閉ざされた扉を見て、なんだか嫌な予感がした。

「時間もないからみんなも入ろう」

秋山が立ちつくす他のメンバーを促した。

皆は秋山の声に押されるように、個々に扉を選んで入っていく。それぞれこの選択でよかったのかという迷いを胸に抱いて扉をくぐる。

「福永先輩」

見ると扉を開けた藍がこちらを見ていた。先ほどまで通路をうろうろとしていた藍も、ついに意を決したようだった。福永は何も言わずに、ただ藍の肩を軽くつかんでやった。

藍は福永が肩にのせた右手に手を添えてから、部屋の中に入っていった。小窓から藍が覗いており、厚いガラス越しに視線を合わせた。次の瞬間、ふたりの視線は赤い遮蔽物《しゃへいぶつ》に遮られた。扉は固くロックされた。

息を吐いて横を見ると、まだ恵美と亜実は部屋に入っていなかった。待機選択をした秋山と川田に声をかけられている。恵美に手を握られている亜実がこちらを見た。

「大丈夫だよ亜実」

福永は亜実に近づいた。

「わかってる。わかってるけど、でもさあ……」

「みんな同じような部屋に入るんだから大丈夫。鍵を閉めておけばいいんだから」

亜実はうなずいて福永の手を握った。異常に汗ばんだ手だった。

「これからどうするかは、考えるから」

福永は汗でべとつく亜実の額を指で拭ってやった。亜実は福永の指を握って自分の唇に添えた。こちらを見つめる亜実の瞳はとても瞬きが多かった。

「亜実ちゃん、入ろう」

亜実は恵美に手を引かれ部屋に入っていく。

「福永君、亜実ちゃんは心配しないで」

恵美は福永に言い扉を閉めた。間を置いて、小窓も赤いフィルターで遮断される。

――本当にこれでよかったのか？　福永は閉ざされた扉を見つめながら思った。

秋山が声をかけてきた。残っているのは残り組の秋山、川田と、部屋に入る福永の三人だけだった。

「福永も入れよ」

「……秋山さんと川田さんも中に入りません？」

福永は今さら言った。

「おまえらしくねえな。俺らは大丈夫だって」

川田が福永を小突きながら言った。

「でも、やっぱり何か変っすよ」

「んなのわかってるよ。とにかく無事に出よう。そうしたら、また遊びに連れて行ってやるよ」

秋山がにやりと笑い、福永の肩を叩《たた》いた。

「マジでお願いしますよ。ふたりに何かあったら、キャバクラおごってくれる人がいなくなっちゃう」

福永はぎこちなく笑い扉を開けた。不安はあったが、このふたりの存在によって少しだけ気持ちが楽になった。

「じゃあ、入ります」

うなずくふたりを見ながら、福永は扉を閉めた。

妙にシーンとなった。音までが遮断されている。窓から秋山が覗いているのが見えた。秋山が福永に向かって親指を立てている。扉の内側を確認すると、ノブの上にロックがあった。

ボタンのようなものを押すと、ガチャンと重い音が響き小窓が遮断された。扉が閉まったようだ。ノブを回してみたが開かない。この重厚な扉は確かに自らを守る盾のようでもあった。

ふと思い立って、福永はロックを戻そうとした。しかし、ノブに押し込まれたボタンは戻らない。

——閉じこめられている。

自己を守る扉ではなく、自由を奪う扉だった。

どっと汗が噴き出た。

妙な場所に監禁し、さらにこの個室に閉じこめ、何をする気なのだ？

福永は扉を思いきり叩いたが、その衝撃は厚い扉に吸収された。

部屋に閉じこもる九人の人間と、外にいる二人の人間。
扉の外は夜が始まっていた。
――魔物の時間帯。

3　最初の朝

村人たちは朝を迎えて異変に気づいた。
そして、村に厄災が存在することに気づいたのだった……。

永遠に続くように感じる夜の時間。

どのくらい時間が経っただろうか。一時間か二時間か。もっと長くも感じる。

福永は壁を背にベッドの上に座り、じっと朝を待っていた。密室のルールとしての朝だ。室内に異変はない。沈黙した時間がただ流れていく。

相変わらず扉は開かない。部屋の四隅に豆ランプが点灯しており、茶色い光で弱々しく部屋を照らしている。

閉ざされた部屋で漠然と思考を回転させていたが、全く考えが積み上がっていかない。圧迫感と閉塞感《へいそくかん》に窒息しそうだった。自分の呼吸と心音だけが聞こえる。

他のメンバーは大丈夫だろうか。個室に入った亜実たち。ただ、福永や亜実のように個室に入った人間の危険はそれほどないような気がした。この部屋は完全に密室だった。あの扉以外にどこも出入り口はない。要するにあのロックされた扉さえ開かなければ安全を保てるのだ。

一番心配なのは秋山と川田だ。危険だと明示されている外に出ているのだから。

――夜になったら魔物が襲ってきます。

不安をかき立てるラビットの言葉だった。何か妙なことが起こってはいないだろうか。しかし、何かが起こったとしても、福永自身はどうすることもできない。

福永は薄いマットのベッドに横たわり、コンクリートの天井を見つめた。ぼんやりと思いだしたのは大学の入学式だった。入学式を終えて講堂を出た福永と小泉を、強引に拉致するかのごとくサークルに勧誘したのが秋山と川田だった。

どうも、ふたりは当時四年生の高梨藍の姉に指示されたようで、福永と小泉を捜していたらしい。

「高梨先輩には逆らえなくて……」と、困惑した秋山と川田の表情を今でも憶えている。その後、福永と小泉は、歓迎会と称し強引に深夜まで接待され、なし崩し的にサークルに入ることになったのだった。

一年の勧誘をしていたのは当時の二年であり、現在のメンバーが全てそろっていた。秋山と川田の他には、髪を金色に染めた司馬、真っ赤な野球帽を被った青沼、部長の中村、そして、二年メンバーの紅一点の恵美。

福永と小泉はつい恵美に見とれてしまった。彼女個人というよりも、このようなマイナーなサークルにそぐわないギャップに感銘したのだろうか。歓迎会はチェーン店の居酒屋だったのだが、彼女は全体的に白っぽい服を着ていた。刺身の醤油《しょうゆ》で染みをつけたらもうその服は着られないだろうなと、福永はいらぬ心配をしていた。

隣に座った青沼は内気な性格だったが、プロ野球の話になると饒舌《じょうぜつ》だった。出身が広島で野球もカープファンだったため、にわかだがタイガースファンの福永は、フリーエージェントの強引な引き抜きの件で謝らざるを得なかった。他には、美大志望だったことや趣味のカメラについて聞いた。

少し遅れてきた司馬とは、テレビなどで放送されている格闘技やスポーツについて話し、その横で部長の中村は静かに座っていた。ただ、少し酒が回るとアニメなどの話をしてくれた。福永が見たことのあるアニメ映画を知っていたので、それについて討論した程度だった。

また、小泉はずっと恵美と会話をしていたのを憶えている。小泉の実家で飼っている猫のモモの可愛さを熱く語っているのを、恵美は微笑みを絶やさずに聞いていた。あのときは、さすが大学生は大人だと感じたものだ。

福永はそんなことを思いだしながらため息を吐いた。何を考えても、不気味な現状が強引に浸水してくる。ただ、少しでも考えることをやめると、真っ黒な泥水に沈んでしまう。

ベッドから体を起こして、肺の中の真っ黒な空気を吐きだすように深呼吸する。こうして人間を隔離する意味はなんなのだ？　そもそもこの状況になんの意味があるのだ？　どこまで本気なのだろうか。相手の意図がわからず、ふわふわとした不安定な場所に立っているような気がした。

魔物とはなんなのだ……？

そんなとき、重々しい静寂を破って部屋に音が聞こえた。目覚まし時計の音のようなそれは小鳥の囀りに聞こえた。何故、この個室に小鳥の囀りが聞こえるのだ？

——朝の小鳥の囀りと共にロックが解除されます。

あの兎の言葉を思いだし、福永は急いで立ちあがった。

夜が明けたのだ。魔物の時間は終わり人間の時間が始まった。体感的にはこの夜の時間は二、三時間程度だろうか。扉に近づくと、ロックがカチンと解除されるのが見えた。朝になったら自然に解除されるようだ。

福永は一瞬だけ迷ってから一気に扉を開いた。通路に顔を出して様子を窺《うかが》うが異変はなし。ただ沈黙した薄暗い通路があるだけだった。

通路には誰もいない。

嫌な予感が鎌首《かまくび》をもたげる。まさか……。

同時に軋み《きし》と共に扉が開いた。慎重に扉から顔を出したのは藍だった。藍は福永の顔を見て安堵の表情を浮かべた。

「福永先輩、他は？」

「わからない。今出てきたばかりで……」

会話の途中で続々と扉が開いていく。個室に入っていたメンバーは無事なようだ。

いや、わからない。全員の安否を確認しなければ。

そう思いながらも視線は亜実だけを探していた。亜実と恵美は一緒の部屋に入っている。福永とは違い、彼女たちは一部屋に二人と、ある意味正規行動を取っていないのだ。

――亜実の入った部屋はどこだ？

焦りから、亜実の部屋がどこだったか思いだせない。亜実はどこにいる？　無事に夜をやり過ごせたのか……。

亜実の部屋を探しながらも、福永の理性は警告をしていた。心配するべきは亜実ではなく、禁忌を犯した秋山と川田だと。

「小泉、亜実の部屋を確認してくれ」

福永は出てきたばかりの小泉に言うと通路を走った。秋山と川田の確認が最優先だと決断した。後ろを藍がついてくる。

福永と藍は扉を開けて中央の部屋の中に駆け込んだ。

「秋山さん？　川田さん？」

ふたりの姿はない。どういうことだ？

「福永先輩、あそこ」

藍が指さしたのは並んだ椅子だった。椅子の背もたれの上からふたりの頭が見える。あの椅子に座っていたようだ。

福永は安堵し、ふたりにゆっくりと近づいた。

「どうでした？」

眠っているようで返答はなかった。

歩み寄りながら壁の時計を見ると、太陽を模した針が水平線から顔を出したばかりだった。朝の到来を示している。また、画面には相変わらず兎のラビットが映っており、画面を跳ね回っている。スクリーンセーバーの役割をしているのかもしれない。

「何かあったのかって心配しちゃいましたよ。で、どうでした？　なんか変なことがあったりしました？」

あえて軽い口調で声をかける福永の背後で、藍が真っ青な顔をしている。

「ねえ、秋山さん、起きてくださいよ」

むなしく福永の声だけが部屋に響く。

「秋山さん……」

福永はもう一度呼びかけた。しかし反応はなかった。嫌な予感は部屋に入ったときからあった。果たしてこんな状況で眠れるのかと。眠っていてほしかったので、不自然さを受け入れていたのだ。

福永は意を決して秋山の肩に手を添えた。その感触にある記憶がフラッシュバックした。

ほんの一年前、福永はフェレットを飼っていた。大学の仲間がアパートで飼えなくなり、回り回って福永が面倒を見ることになったのだ。フェレットはケージの中で眠ってばかりいたので飼育は楽だった。いつも死んだように眠っているフェレット。

その日もだらしなく眠っていたフェレットを、福永は何気なく指先で触ってみた。その感触。鼻先を軽く触っただけだったが、ずしりと重い感触があった。生命を感じる柔らかなものではなく、何か粘土に触れたかのような……。

福永は、秋山の肩に手を触れながら、その重く嫌な感触を思いだしていた。

「先輩？」

硬直する福永を、青ざめた顔で藍が見ている。

福永は藍と視線を合わせて小さく首を振った。ふわふわとした場所に立っているようで現実感がなかった。現実を拒絶しているのがわかった。まだわからない。はっきりと確認してはいない。ふたりは眠っているだけかもしれないのだ。

そんな福永の意識が現実に戻ったのは誰かの悲鳴だった。

誰かが揺り動かした川田の体が、ずるっと椅子から落ちるのが見えた。それはバランスの悪い人形のようにただ椅子から落ちた。

恵美が小泉に抱きかかえられるようにして遠ざけられるのが見えた。三年の司馬が、床に倒れた川田を揺すり続けているのが見えた。誰かがトイレで吐いている音が聞こえた。

我に返った福永は、秋山を床に寝かせて心臓マッサージをしたが、硬く冷えた体が息を吹き返すとは思えなかった。それでも、そんな行動を続けたのは、秋山のためではなく自分のためだった。そんな行動をして自分を保っていた。

そんな形式的で、ある意味利己的な行動が他の人間の精神を繫いだのも確かだった。秋山と川田のケアをし続けているうちに、室内のパニックは表向きは治まっていた。

部屋の時間はどす黒い空気を溜めながらゆっくりと進む。時計の針が進んでも、どす黒い空気が晴れることはなかった。密室の空気は入れ替わらず、ただ濁っていった。これは現実なのか？　未だに事実が受け入れられない。ただの悪い夢であってほしかった。これは悪夢なのだ。

早く目覚めてほしい……。

ふたりの死体は部屋の端に置かれて、シャツを掛けられている。残った九人は、視線も合わせず、抜け殻のようにぼんやりとしていた。

結果的に個室に入った九人の全ては無事だった。そして、残った秋山と川田の二人は死んでいた。個室に二人で入った恵美と亜実もペナルティはなかったのだ。恵美は泣き疲れて小泉に抱きかかえられるように壁際でぐったりとしている。亜実は無表情で、藍に寄り添うようにして座っていた。

福永は魔物の話を思いだした。魔物の姿は見えずとも、結果だけはこの密室で再現されてしまった。悪夢の具現化だった。やはり、あのラビットの言ったことは真実だったというのか。

画面を見た。ラビットは跳びはねるのをやめてじっとこちらを見ている。

『……やっぱり、すでに一匹の魔物が村に入っていたようですね』

ラビットが言った。

その声に反応して恵美が再び泣き始め、司馬が怒号をあげた。

「待って、落ち着いて。落ち着いてください、司馬さん」

福永は、画面を蹴《け》り上げようとした司馬を抑えた。

『この死に方は明らかに野犬ではなく魔物です。これで魔物は村に忍び込んでいることがわかりました。夜が来るまでに対策を立てないといけませんよ』

福永はラビットの言葉に愕然《がくぜん》とした。いや、受け入れなければいけない事実だったが、それは強烈に凭《もた》れるものだった。誰もが口に出さず目を背けていた事実。それは、とても残酷で絶望的な現実だ……。

——夜は再び来る。

時計を見た。まだ夜までには時間があるはずだが、それでも針は回り続けている。終わりではないのだ。これは始まりだった。

「部屋に入れば大丈夫ですから」

藍が、隣で震える亜実に言っているのが聞こえた。

『魔物は狡猾《こうかつ》ですよ。必ず夜に人間を一人は食べます。とにかく、そんな魔物が村の中に潜んでいるのです』

次の言葉を待ったが、ラビットは沈黙した。

福永は呆然《ぼうぜん》と頭上を見上げた。これは完全に悪意の渦中にある。

「……話し合おう。みんなで議論をするべきだ」

「何を話し合うってんだよ」

福永の言葉を司馬が遮った。

「何をって、目の前のことですよ」

「ふざけんなよ、そんな余裕があるわけないだろ」

司馬が福永のシャツの襟首をつかんだ。

「秋山さんたちがなんであんなったか、他にもいろいろ議論する必要がある」

「探偵にでもなったつもりかよ、福永」

「こうして、ただぼんやりしているわけにはいかない。それに、俺たちは仲間でしょ。こうやって争ってもしょうがないでしょうが」

福永は司馬の手を振り払って声を荒らげた。

「待ってください。落ち着きましょう。私も議論の必要はあると思います。ただ震えているだけじゃ何も解決しませんから」

擦れた声を出したのは藍だった。

「僕もそう思う。何が起こっているかわからないけど、とにかく話し合ったほうがいいと思います」

小泉が立ちあがった。

残った九人は、とりあえず集まった。まず、話し合ったことは、あのふたりのことだった。死体をどうするか。あのままでいいのか、と。

「あのままじゃかわいそう」

恵美がハンカチで口を押さえながら言った。

同じ部屋に二つの死体があるという事実を未だに受け入れられない。どこか別の部屋に置いておきたかったが、それは言えなかった。仲間だった人間の死体の扱い、それはデリケートすぎる問題だった。

そんな複雑な思考が絡む中で、口を開いたのは小泉だった。

「今後どうなるかわかりません。でも、あのままにしておくのはどうかと思うんです。例えば、死体が傷むとか。僕は先輩のそれを見たくないっていうか……。だから……」

「やりたくないけど、俺もそれがいいと思う」

「それって？」

恵美が福永を見た。

「隣の部屋は異常に寒くなってるじゃないですか」

「なあ、それって、これを仕組んだ連中が作ったもんだろ。ふざけんなよ」

司馬が口調を荒らげる。

「でも司馬さん……現実に、このまま置いておいたら……やっぱりかわいそうです」

小泉が言うと、司馬は拳《こぶし》で壁を叩きやり場のない怒りをぶつけていた。

その後、うやむやな雰囲気の中、二つの死体は隣の部屋に運ばれた。死体を別の部屋に追いやる背徳感と嫌悪感。自分たちメンバーは、悪意のストーリーどおりの行動をしているのではないか？

ふたりの死体を霊安室に置いたものの、恐怖は部屋の中に残っていた。あのふたりの死は、終わりでなく始まりだったということを認識しなくてはならなかった。

「状況を整理しましょう」

言ったのは壁に手を添えて立っている藍だった。九人は立ったり座ったりとそれぞれだったが、怯えるように集まっていた。

「まず、私たちはやっぱり何らかの目的で強引に拉致され、ここに監禁されました。目的はわかりません。でも悪意があることは確かです」

「悪意ってなんなの？　なんで私たちを拉致する必要があったの？」

　恵美の擦れ声を聞きながら福永も思った。なんで拉致されたのだろうか、と。死んだふたりを含む、この十一人を拉致する必要があったのか。

「死人が出た以上、営利目的の誘拐じゃないと思う」

　福永はぐっと拳を握りしめた。福永たちが人質だとしたら、これはルール違反だ。

「理由に思い当たる人はいます？」

　小泉が皆に視線を投げたが、誰も反応しなかった。

「これに理由があるとしたら恨みの線でしょうか。例えばこれが映画や推理小説だったら、背景はそれでしょう」

　藍の言葉に、それぞれがすっと視線を下げた。福永も自らの過去を回想した。だが、強引に拉致されるような恨みを買った覚えなどはない。顔を上げると、青ざめていた小泉と目が合った。福永は小泉の考えていたことがわかった。

「……それはないだろ。たかだか高校の恋愛関係のもつれ話の延長だろ」

「それでも、あれはやっぱり僕の責任で……」

「だとしても、十一人も拉致する必要なんてあり得ない」

「恋愛のもつれとか、くだらないことなら、俺だって小学生のときにクラスの奴をいじめたりしたぜ。それに、いじめたのは俺だけじゃなかった」

　司馬は大きくため息を吐いた。

「そんなレベルのことだったら、俺だって……」と、松浦。

　場が混乱しかけたので福永が口を開いた。

「ここで重要なのは、なんでこの十一人かってことだ。このメンバーに共通していることだ。あるとしたら、このオカルトサークルで何かをやった」

　ただし、藍はついでに拉致された可能性もある。たまたまついてきていた藍もメンバーと一緒に拉致された。

「秋山と川田をああまでされるほど、このサークルで恨みを買ったことなんてねえよ。馬鹿げてるぜ」

　司馬が汗を拭いながら言う。福永も同じくそう思った。まず、福永がこのサークルに入ってから、強烈な恨みを買うような行為をしたことはない。この大学に入学する以前のことまでは知らないが、たとえ何かがあったとしても、福永には関係ない。福永や小泉たちはついでだとしても、十一人を拉致するような労力と危険を冒すことは合理的ではない。

「とりあえず、私たちの代以降で変なことをしたことはないと思う」

　恵美が首を振り、肩に掛かった髪を払った。

「では、私怨《しえん》の線は置いておきましょうか。なんらかのゲームをさせられているような、そんな漠然とした状況とします」

「ゲームってなんなの？」

　恵美が歪めた表情を藍に向けた。

「わかりません。でも、異常なほどに手が込んでます。村に忍び込む魔物の話とか、ディテールまでこだわってます」

　それは福永も疑問に感じるところだった。ただ恐怖を与えるにしては手が込んでいる。誰のためにここまで細かい設定をしたのか。

「そして、あの兎の言ったことは真実でした。私たちは個室に逃げるか待機かの選択を迫られ、結果こうなりました」

　藍の口調はしっかりとしていたが、顔色からは血の気が引いていた。だらだらと汗が無造作に垂れ落ちている。

「兎が言ってたな。夜までに対策を立てろと。もう俺たちは次のことを考えないといけないのかもしれない」

　福永は言った。秋山と川田のことよりも、自分たちのことを心配せねばならない。

冷酷に時間は進んでいるのだ。

「でも、夜は個室に入れば安全だと言ったよね。そのルールどおりなら」

小泉が画面を横目に言った。

「待ってよ、そんなこと言われたって……。二人もあんなことになって、今後のことなんて考えられないよ」

亜実が目を擦っている。

「亜実、落ち着けって。深呼吸すると楽になる」

福永は亜実に歩み寄り、震える肩に手を添えた。

「でも……でも、次のこと考えなきゃいけなくて……」

「大丈夫だから。亜実は考えなくていい。俺が考えるから」

「……祐樹はいつもそうだよね。私をいつも部外者にする。俺がやるから亜実はいいって、いつもそう」

亜実は荒い呼吸をしながら首を振った。

「なに言ってるんだよ、こんなときに。ゆっくり息をしないと過呼吸になるから」

「こんなときだから言うの。私はいつも君に寄り掛かってたけど、君が私を必要としてたときは全くないじゃん」

亜実はゼイゼイと息をしながら、肩に置かれた福永の手を振り払った。

「ここで私を邪魔扱いするように、現実でも私たちはちゃんと見つめ合ったことはなかったんじゃない？　それが本当に恋人？　私は君のなんなの？」

「息が乱れるから、喋らなくていい」

「君は本当に私を見てくれてる？　髪を切ったことだって気づいてない。私、三日前に髪を切って、気づいてくれるのをずっと待ってた」

「なあ亜実、今そんな話は……」

はっと周囲を見ると、いつの間にか妙な沈黙が広がっていた。皆、福永から微妙に視線を逸らしている。

「……こんな場所で言うことないだろ」

「君って、いっつも場所を気にするよね。なんで私を気にしないで、周囲を気にするの？」

「だから、なに言って……」

そのとき、いきなりピヨピヨと音が鳴り響いた。あの携帯電話の音だった。

福永は、逃げるようにその場から離れた。意識を覚醒《かくせい》させようと頭を振り、突然の音に固まる周囲をよそに画面の前に近づく。

テーブルの上には携帯電話がある。画面を覗いてみると、新着メールがきていた。

【村人たちは朝を迎えて異変に気づいた。そして、村に厄災が存在することに気づいたのだった。さらに次の夜が迫っている】


「明らかにこの状況を示唆してますよね」

福永についてきていた藍が画面を覗きこんでいる。

「魔物が村に侵入している。だから秋山さんたちが……」

福永は顔を上げてふと気づいた。あの村人たちの絵。水彩画のようなあの絵に違和感があった。

「何か変わってないか？」

突発的な状況下で細部まで確認できていない絵だったが、先ほど見たときと何かが違っていた。先ほどとは、個室に入って夜をやり過ごす前だ。絵は夜の間に変化をした。

「……人が減ってません？」

「そうだ。やっぱり人数だ」

福永はうなずいた。藍の言うとおり、村人の数が減っているように見える。村人の数を数えていた福永は背筋をぞくりとさせた。変わっているのは数だけではなかった。

「藍、あの村人……」

福永は村人のひとりを指さした。農具を持っている村人だが、その口元から牙《きば》が覗いていた。そして、手に持った鎌が真っ赤に染まっていた。怯えた表情の村人の中、彼だけが笑みを浮かべていた。

「やっぱり、魔物が村に入っていることを暗示しているんでしょうか」

藍は顎に指を添え絵を凝視している。

「たぶんそうだ」

そして村とは、この場所のことを示している。魔物が何かはわからないが、そいつが秋山と川田を殺したに違いないのだ。この密室は魔物の侵入を許してしまった。

「夜が来るまでに、建物の中に潜んでいる魔物を捜せってことじゃないか」

そして夜は個室に立てこもるのだ。しかし、同時に気づいたことがあった。

「そっか。俺たちは個室に立てこもっていたから、外からの侵入には気づくことがないんだよな」

魔物はどこかに隠れているのではなく、夜になると外から侵入してくるだけかもしれない。

「そのことなんですけど、確かめたいことがあるんです」

藍があの個室エリアへの扉をちらりと見た。

福永は小泉たちに声をかけてから、藍とふたりでそちらへと向かう。弱っている亜実と恵美のケアをしている小泉たちをよそに、福永と藍は扉をくぐった。

両サイドに七つずつの扉が設置されている通路が延びている。

「外から入ってくるとしたら、突き当たりの扉しかないと思うんです。トイレやあの寒い部屋には人の出入りするスペースはなかったです。このエリアの個室も同じく」

藍は突き当たりの扉へと近づいた。ドアノブが取り除かれている扉。

「……でも、入った形跡はありません」

藍は扉を調べる仕草をしている。

「どうしてわかる？」

「ほら、ここに髪をつけておいたんです」

藍が指さした場所に、一本の髪がくっついていた。

「ブロッククッキーの箱の糊《のり》をつかって、この扉が開いたら落ちるように髪を一本くっつけときました。でも、開いた形跡はありません」

要するに、魔物はこの中に潜んでいる。

「魔物役の人間が忍び込んでいる？　いや、人間じゃない可能性があるよな」

まず、秋山と川田のふたりはどうやって殺されたかが問題だった。しかし、素人が死体を調べたところで何もわからないに違いない。目立った外傷はなかったように思えるが、なんにしても死体を再び調べる気持ちにはなれなかった。

「ゲーム的ですよね。ただ私たちを殺すとは思えない。何か、助かる方法があるのかもしれません」

「とにかく、この昼の時間に魔物を見つけなければいけない、か」

自由に動き回れる時間は限られている。その時間内に、彼らが死んだ原因、つまり魔物を捜さねばならないのでは？

……しかし、なんのために？

「娯楽、なのかもしれませんね。こうして、苦しむ私たちの映像を裏で流通させる。こんな話知ってます？　闇金などで返済不能になった人たちは、ビデオカメラの前で拷問されるんです。その映像を売れば、莫大な借金がペイできると。風俗や非合法の薬など取り締まりが厳しくなってしのげなくなった暴力団が、そんな元締めをやっているとか」

福永の思考を読んだかのように、藍が言った。

「福永先輩、どうします？」

「……戻ろう。そして、気力ある人間で、この出口を壊す」

こんなところで死んでたまるか、と思った。なんとか、ここから出ることを考えなければいけない。

中央の部屋に戻ろうとしたとき、不意にドアが開き顔を覗かせた小泉が手招きした。

「どうした？」

「また兎が喋りだしたよ」

福永と藍は小走りで扉を抜けて画面の前に急ぐ。画面の前には数人の男子メンバーが立っている。

『私は罠から助けてくれた村人さんに恩返しをしたいんです。罠は村はずれの川の近くに仕掛けられていて……』

無駄話をしているラビットの姿があった。ラビットはしばらく村の周辺の環境などを一方的に喋った後に沈黙した。

「……なあみんな」

沈黙したラビットを見ながら、福永は口を開いた。

「どうやって秋山さんたちがああなったかを調べる必要がある。要するに魔物がなんであるかを調べないと。この昼の時間内に」

「とりあえず、ルールどおりにやるのか？」

松浦がメガネに指を添えつつ返答する。

「ただ待機しているよりはそうする必要があると思う。そして、ここから脱出もしなけりゃいけない。たぶん、あの個室エリアの突き当たりの扉が出口。交代であそこのドアを破る」

「扉を破るのはありだな。じっとしてるよりはいい」

腕組みをして壁により掛かっていた司馬がうなずいた。

「道具は少ないけど……個室にあったパイプベッドとかを使って扉にぶつけるとか工夫はできると思う」

分厚い扉だったが、全員で協力すれば何とかなるかもしれない。ただ待機をして精神をすり減らすよりは生産的だった。

『私は助けてくれた村人に恩返しをしたいのです。助けてくれた村人さんがわかったら、私がこっそり隠していた財宝を差し上げます』

ラビットが再び無駄話を始めた。

『私が恩返しをする番です。罠から助けてくれた村人さんは、必ず私が守ってさしあげます。私の言うとおりにすれば、魔物からも助かるでしょう。まだ、その助けてくれた村人さんを思いだすことはできないんですけどね』

福永はラビットの言葉にどきりとした。この無駄話と思えるこの言葉。裏に真の意味が隠されている。

この兎は、罠にかけられ、それをある村人に助けられた。そして、恩返しをするために村にやってきたという設定なのだ。ただし助けた村人はまだ思いだせない、と。しかし、必ず助けた村人を守ると宣言している。一見、いい話ではある。

しかし、こう受け取れないだろうか。生き残った人間が、兎を助けた村人だと。

『……そういえば、あの罠を仕掛けたのも、村人さんたちなんですよね』

ラビットがぼそっと言った。

「とにかく役割分担を決めよう。精神的につらい人は無理にやらせないで、やれる人間で手分けをする」

異様な雰囲気を打ち破るように福永は言った。

「そうだね。扉を破るのは……あの通路の広さからも三人ぐらいかな。交代でやり続けよう。並行して魔物捜しもする」

小泉が同意し、あっさりと役割分担は決まった。それらの行動は、現実から逃避するかのようにも見えた。

扉を破るメンバーは、男六人でローテーションを組むことになった。そして、残りは施設の探索を続ける。精神的疲弊の激しい恵美と亜実には、特に要求はしなかった。逆に怯える二人の女性がいるために、他の精神状態が保たれているともいえた。


その後、手分けをして問題の解決を目指したが、進展はなく、ただ時間だけが経過した。削られる人間の時間帯……。

扉越しに激しい音が響いている。出口の扉の破壊を敢行しているのだ。パイプベッドはボルトで床に固定されていたのだが、一つだけボルトの緩いベッドがあったので、それを使い扉にぶつけている。その音は、メンバーの悲鳴のようにも聞こえて胃が痛くなった。

福永は中央の部屋で捜索をしていた。先ほどまでは出口の破壊を試みていたが、扉は閉ざされたままだった。分厚い扉は少しも壊れる形跡はなかった。数回パイプベッドの枠をぶつけただけで、たぶん扉は開かないだろうという感覚はあった。それでも、誰もそれを口に出すことはなかった。

部屋の隅で、恵美が耳を塞《ふさ》いでいるのが見えた。先ほどまでは、疲弊の激しい亜実や年下の藍をかばっていたが、激しく響く音にさらされ続け、急激に恵美の精神状態は悪化した。

殻に閉じこもりだした恵美。彼女の行動は自分の精神状態を守る行動なのだ。心理学用語でいう性格の鎧《よろい》、と表される人間の防衛行動。恵美はこの現実を否認することで精神を繋ぎ、今はただ情報を遮断している。そんな恵美を亜実が抱きかかえるようにしていた。

福永は並ぶ椅子を調べながら考えていた。あのふたりの死因はガスなのでは、と。藍もそう疑っているようだ。目立った外傷もないあの死体。毒ガスだったら簡単だ。基本的にこの施設は密室なのだ。ガスを噴射し、その後空調でクリアーする。そうすれば残るのは死体だけとなる。

魔物の正体が毒ガスの場合、福永たちには対処方法がない。運命を変える力は自分たちになく、ただ悪意に翻弄《ほんろう》されて行動することになる。画面のラビットに誘導されるまま時を過ごさねばならない。

時計を見た。針は昼の時間の三分の二を過ぎている。もうすぐ夜が来る。

福永の心拍数が少しだけ上がった。扉を叩く音が、夜までのカウントダウンのように不快に聞こえた。昼と夜、太陽の描かれた針は回り続けている。

「夜の海の航海……」

「え？」

福永のつぶやきに反応したのは、テーブルを調べていた藍だった。

「いいえ、航海とか聞こえましたけど」

「え、ああ、ユング心理学の話なんだ。ユングは、神経症は意識のアンバランスさから生じると考えていた。それを修正するには意識と無意識の戦いが必要だと。そんなプロセスを、夜の海の航海って呼んだんだ」

ちらりと藍を見ると、「続けてください」と、言った。

「その言葉は、アフリカの先住民が、太陽が夕方に海に沈み、次の日には再び昇ってくる様子を、太陽が夜中に怪物と戦い勝利して空に戻ってくると捉《とら》えたものなんだってさ」

「博識ですね」

「ぼんやり講義で聞いていてただけだよ」

テキストに載っていたイメージが、この時計にそっくりだった。

「心理学はわかりませんけど、夜の怖さは理解できます。古代人は、日没と日の出がサイクルであると理解をしていなかったのです。科学を知らなかった彼らは恐れたと思います。果たして次も太陽は昇ってくれるか、と」

ずっとこの夜が続いたらどうなるだろう。そう考えたとしてもおかしくない。いや、その恐れを抱くほうが当然だ。古代人は太陽と怪物の戦いと理由づけして受け止めた。獣に怯えながら太陽の勝利を願い夜を過ごした。

そして、村人役の福永たちも夜を恐れている。果たして夜は明けるのか。生きて夜を越せるのか。この密室のシステムを理由づけして理解できていないのだ。なにも見えない夜に不安と恐怖を感じている。

『……そろそろ夜になりますね』

不意にラビットが喋った。

「小泉」

福永は個室エリアへの扉近くに立っていた小泉を見て、画面を指さした。小泉はうなずき、扉を開けて出口破壊組に声をかけた。ラビットが喋ったことに気づいた藍と松浦は画面の前に近づいてくる。

「もうこんな時間かよ」

松浦が吐き捨てた。時間の感覚は異常に鈍くなっている。時間経過を知らせるこの時計は、どのくらいの早さで時を刻んでいるか全くわからない。それでも、この特異な状況の中、唯一時間経過の基準となるのはこの時計だった。

『魔物がこの村に潜んでいることはわかったのです。ですから、今夜も家に閉じこもって魔物をやり過ごさねばなりません。ちゃんと一つの家に一人ずつ入って、鍵を閉めれば大丈夫だと思いますよ』

すでに扉を破壊する音はやみ、九人が画面近くに集まりラビットの言葉を聞いている。先ほどまで破壊を試みていた三人は汗だくだった。普段運動をしていない部長の中村は息を切らせている。やはり扉の破壊は無理だった。

『あと……魔物を倒す武器も探してきたんです』

ラビットの言葉に、九人は顔を見合わせた。

『私、この村にある倉を調べていたのですが、魔物を一刀両断するという伝説の斬魔刀を見つけたのです。村にある井戸の底から引き上げられ、ずっと倉の奥に保管されていたようです』

井戸に沈んでいた刀。それで魔物を倒せというのだろうか。

『ただし、その斬魔刀は月の光を浴びないと魔力を使えません』

……どういう意味だ？　夜しか使えないということだろうか。

『斬魔刀はそこにあります』

いきなり電子音が鳴り響き、九人は体を硬直させた。

「携帯だ」

福永は丸テーブルの上に置いていた携帯電話を手に取った。

――メール一件受信。

福永がボタンを押すと、《アイテム・刀》と文字が表示され、続いて画面いっぱいに日本刀の画像が表示された。

「……斬魔刀のイメージですかね」

画面を覗きこんだ藍が言った。この携帯電話が斬魔刀ということなのか。しかし、どうやって使うのか。

『斬魔刀は夜しか使えませんが、確実に魔物を一刀両断することができます。ただし、夜に外へ出るわけにはいきません。暗がりから襲われて、斬魔刀を使う隙なく殺されてしまうでしょう』

室内は静まりかえっていた。誰もがラビットの言葉に聞き入っている。すでに大きな悪意の流れの中にある、そんな雰囲気だった。

福永は思った。何を意図して斬魔刀という要素を持ちだしたのか。しかし、ラビットはそれ以上、斬魔刀の説明をしなかった。

『魔物がこの村にいるとわかった以上、夜はしっかりと家の中で過ごしましょう。そして、今回からは必ず一つの家に一人ずつです。きっちりとルールを決めて家に入ります。私の指示に従ってください。でないと、魔物に襲われてしまうでしょう……』

背筋がぞくりとした。ラビットはこちらを助けてくれている訳ではない。面と向かって脅しているのだ。私の言うことを聞かないと死にますよ、と。

「大丈夫です。部屋に入れば大丈夫ですから」

震える恵美に、小泉が声をかけている。

『もうそろそろ夜が来ますね。そろそろ家に入りましょう。慎重にするため、私が誘導してもよろしいでしょうか』

ラビットがぴょんと跳んで画面の端に移動した。

同時に画面に図のようなものが表示された。この場所の見取り図、のようだった。

横長の長方形スペースに通路と十四の部屋が表示されている。長方形スペースはこの部屋だ。そして隣接する個室エリア。

『村に魔物がいるのは確実になったので、こっそりと一人ずつ家に向かいましょう。

まず、一人ずつこの通路に入ります』

個室エリアの通路が点滅をした。

『そのとき、この扉は閉まりロックされます』

この部屋と個室エリアの通路を遮る扉が点滅した。

『通路に入った一人は、どこかの家屋に入ります。家に入りロックをかけると、この扉は開きます。そして、次の一人が家に移動するということになります』

回りくどいラビットの説明。この行動は何を意味しているのだ？

基本的に一人ずつ個室に移動することはわかった。しかし、ここまで細かく移動を指示することの意味はなんなのだ。

『そろそろ移動しましょうか？　のんびりして夜になったら困りますからね』

考えをまとめる前に、ラビットがそう言った。

「どうする、福永？」

松浦がメガネ越しの視線をこちらに向けた。

「……移動しよう。兎の言うとおりに」

福永の意見に、不穏な感情が交じった視線が集まった。これでいいのか、という濁った視線。

「よく考えよう。たぶん、これを仕組んだ連中は、いつでも俺らを殺すことはできるんだ。でも、そうはしていない。要するに、ある程度のルールを作っている。まずは……そのルールの中で行動をして、時間を作る」

このままここに残れば、あのふたりのように死ぬのは確実なのだ。

「私もそれがいいと思います。何が起こっているか解明するにはもっと時間がいります。でも、このまま議論を続けるわけにはいかないし」

藍が同調した。

「一人ずつなの？」

視線をうろうろとさせ恵美がつぶやく。

「……今回ははっきりと一人ずつという指定があります。恵美さんも今回は一人で入るべきですね。亜実もそうだ」

福永はきっぱりと言った。

「どうする、時間もないぜ。誰から行く？」

淀んだ雰囲気の中、松浦が言う。時計の針はもうすぐ夜に突入する。時間は止めることができない。

「わかった、俺から行くよ」

司馬が扉に手をかけた。なし崩し的だった。この異質なシチュエーションに疑問と恐怖を感じながらも、行動するしかなかった。

『行動を開始してください。魔物は夜になったらこの部屋に来るでしょう。ですから急いで……』

ラビットが警告した。そんな言葉に福永は妙な違和感を覚えた。だが、何が気になったか気づく前に司馬は通路へと入っていった。カチッと扉が閉まる音が聞こえた。

藍が扉に手をかけて首を振った。ロックがかかったようだ。

『……家に入りました。次の方どうぞ』

ラビットは淡々と作業を続ける。

残ったメンバーも恐怖から逃げるように次々に移動する。疑問や理性が恐怖に呑み込まれてしまったような雰囲気。

「これ、どうしましょう」

個室への移動が続行される中、藍が携帯電話を手に取った。

「そうだ、この意味がわからないよな」

斬魔刀。しかし、個室の外に出ては使えないのだ。斬魔刀を持ってこの部屋で魔物を待ち受ける、という攻略方法は取れない。

「何か指示があるのかもしれないね。藍ちゃんが持っていたら？　藍ちゃんなら、何かあったときに柔軟に対応できると思うし、みんなからも信用があるから」

まだ残っていた小泉が言った。その小泉は、ラビットに促されるように個室へと移動する。残りは三人。福永と藍、そして亜実も残っていた。

「……じゃあ私、次に行きます」

藍が携帯電話を持ったまま扉に手を添える。

「うん、きっと大丈夫だから」

福永は藍の肩に手を置いてうなずいた。藍は、福永と亜実から微妙に視線を逸らしながら扉の向こうに消えた。

部屋に残された福永と亜実はぎこちなく視線を合わせた。

「怖いの」

ぼそっと亜実は言い、福永にもたれかかるように抱きついた。福永は亜実を抱きしめてやると唇を合わせた。体越しに亜実の鼓動が伝わってくる。亜実の熱を帯びた唇から甘い吐息が漏れた。

こんなときだが、亜実に妙な艶《なま》めかしさを感じた。いや、こんなときだからだろうか。恐怖に怯える亜実から強い生命を感じる。

「……やれるだけやるよ。全力で問題解決をする」

福永は亜実の体を両手で引き離した。

「…………」

「たとえ俺がどうなっても……亜実だけは助けてやるから。亜実は心配しないでいい」

福永は震える亜実を支えてやった。

「……ねえ、こんなときに私がほしいのはそんな言葉じゃないんだよ」

「怖いのはわかる。でも、もう時間もない。個室に入れば問題はないと思う」

「ねえ祐樹」

「早く、もう扉は開く。俺は最後に行くから、亜実はもう行ったほうがいい。ロックをかけて個室に入るんだ」

亜実は福永に押しだされるように扉をくぐった。

「大丈夫だから」

怯えた視線を向ける亜実に、福永は笑いかけてやった。

亜実はしばらくこちらを見ていたが、軽く唇を噛《か》むような仕草をしてから背を向けた。

——扉が閉まった。

4　三日目

魔物に怯え家に閉じこもった
村人たちだったが、それでも魔手は……。
残り九人。

コンクリートの天井が迫ってきた。押しつぶされる……。福永は個室の中で絶叫した。

はっと体を起こして呆然とする。個室の中には自分の乱れた息づかいだけが響いていた。あの個室の中だった。ベッドに横になっているうちに、意識が朦朧としていたのだ。天井に押しつぶされるイメージは、現在の心理状況をそのまま投影してるかのようだ。全身は汗でびしょ濡れになっている。

バイオリズムが狂っているのかもしれない。異様な空間の中、体内時計と物理時間のズレが生じている。密室ルールで表現するなら、現在時刻は二回目の夜中だ。福永たちはシェルターともいえるこの部屋に避難をしていた。家の中で朝の訪れを震えながら待っている。

この部屋は昨日、つまり一回目の夜に入った部屋と同じだった。なんとなく昨日と同じ部屋の中に入ってしまった。他のメンバーもたぶん同じだろう。部屋に入る前にちらりと確認したが、ロックのかかっている部屋は昨日と同じような位置取りだった。

同じ個室なのだから、どこに入ろうが関係ないのだ。

問題はあの出来事だ。秋山と川田が死んだという現実。魔物という要素が密室に侵入し、実際に村人役のサークルのメンバーを殺害した。この拉致の目的はどこにあるのだ？　何故、歪曲《わいきょく》な方法を使い恐怖を与えるのか。

現在の他のメンバーは大丈夫だろうか、と思った。自分でさえこれほどに疲弊しているのだ。特に女子はひとりきりで個室に入って精神を保てるのか。

恵美や亜実は、すでに精神的にも臨界点を迎えているはずだ。ただでさえ亜実は灯りを消して寝られないほど恐がりなのだ。対して藍は、こんな状況でもなんだか大丈夫なような気がした。

高梨藍は、表現するなら機械のような少女だった。感情を体から溢れさせる姉とは違い、彼女の笑顔はなんだか綺麗すぎた。

福永は彼女との出会いを思いだした。姉の直子《なおこ》の横で恥ずかしそうに藍が立っていたのを今でもはっきりと憶えている。福永が高校二年の冬。陸上部ＯＧの大学生の直子の提言で、東京西郊の高尾山登山レースなるものに無理やり参加させられたのだった。

すでに三年は引退しており、他の部員は参加を拒んだため、福永を含む数人だけが参加をすることになった。あまりに理不尽だったので、福永はバスケ部の小泉を無理やり連れて行ったのだった。

　厳寒の山を陸上ユニホームで走るのは予想以上につらかった。レースというより、修行に近く雪も降っていた。ゴールの頂上付近で、ケーブルカーで上がってきた直子がニヤニヤと待っていたのが、さらに不条理さを上乗せさせた。そんな直子の横でスライスレモンやスポーツドリンクを配り、部員に気を遣っていたのが当時中学生の藍だった。福永がお礼に参加賞のTシャツをあげると、彼女は整った笑みを浮かべた。

　そして春になり、福永は高校に入学した藍と再会したのだった。そのときも藍は綺麗に笑った。彼女はいつでも場面にあった表情を作るのだ。自分の顔のパーツの全てを知っており、最高の感情パフォーマンスを外に向かって表現する。

　その後、藍の高校生活が始まったが、高校時代から男女関係で浮き名を流した姉に対して、妹には全く浮いた噂を聞かなかった。機械的な少女が恋をする日はくるのだろうか？

　福永は再びこの密室についての思考を始めた。何かを考えていないと、精神的に押しつぶされてしまうとの理由もあった。

　疑問に思ったのは、ラビットのあの行動についてだ。何故、ここまで細かく個室への誘導を管理したのか。その行動が意味することを順序立てて考えてみる。

まずひとりが個室エリアへの扉をくぐる。そして、その扉はいったんロックされることになる。ロックが開くのは、そのひとりが個室に入って鍵を閉めたときだ。

問題はここにある。個室を選択して鍵を閉めるまで、そのひとりは完全に隔離されるのだ。何故、隔離する必要があるのか。

しかし、その答えは全く導きだされなかった。解答を出すには、もっと別の要素が必要であるような……。

そして魔物はなんであるのか。

そのとき、福永ははっと気づいた。ラビットの言葉だ。

——魔物は夜になったらこの部屋に来るでしょう。

妙に具体的な言葉だった。そして違和感の原因は、この部屋という単語ではないか。

今まで村に侵入した魔物、という雰囲気を作っていたのに、この部分の言動だけ虚像と現実が混ざっていた。

魔物がこの部屋に来るでしょう。

思った。もしかしたら、魔物に対するメッセージなのでは？

——魔物は夜にこの部屋に来てください……。

そんな思考の中、部屋に鳥の鳴き声が響いた。扉のロックが外れる音も。朝がきたのだ。

福永はベッドから飛び起きると扉を開けて外に出た。同時に隣の扉から藍が出てくる。藍は隣の部屋だったのだ。

ふたりは目配せをして中央の部屋へと走った。

「ちょっと待って」

福永は藍を制して、中央の部屋に繋がる扉を確認した。……やはり。

福永と藍は扉を開けて中に入った。室内は静まりかえっている。中には誰もいない。

「なんかあったか？」

振り返ると、松浦が中に入ってきていた。

「いや、問題ない」

嫌な予感がしていたのだ。もしかしたら、外で魔物に殺されたメンバーがいるのでは、と。だが、死体が部屋に転がっているという最悪な状況は回避された。

「大丈夫ですか？」

振り向くと、小泉が恵美を支えるようにしていた。顔色の悪い恵美だったが、それ以上に小泉の顔色は真っ青で血の気がなかった。

「福永先輩」

福永に藍が声をかけた。

「どうした？」

「……やっぱり、絵が変わってます」

藍が指さしたのはあの村人の絵だった。

「昨日よりも……昨日といってもあの時計の設定での昨日ですが、村人が減ってます」

絵を確認すると、絵の中の人数は八人。昨日は確かに九人いたはずだ。

福永はその絵を見て、とてつもなく嫌な予感が膨れあがった。

「個室で待機する間、考えたんです。この村人の絵、私たちを表現しているんじゃないかって」

「人数が一緒だもんな」

なんとなく予想していたことだった。しかし、考えないようにしていたのだ。ネガティブな思考を無意識に遠ざけていた。

「クリスティですね。『そして誰もいなくなった』の作中でもガジェットとして人形が利用されていました。死ぬたびにひとつずつ減っていきました」

——現在の絵の村人は八人しかいない。

そして、現在いるはずのサークルメンバーの数は九人……。

福永は意を決して振り返った。部屋の中では、同好会のメンバーたちがふたりのやり取りを窺っている。

……いない。亜実の姿が見えなかった。

福永が呆然と直立していると、半開きの扉が音を立てて開いた。恐る恐る顔を出したのは亜実だった。げっそりとやつれた顔を見せながら、それでも彼女は無事に夜をやり過ごした。

「……亜実」

福永が駆け寄る前に、ふらつく亜実を支えたのは小泉だった。

「大丈夫だった？」

「うん、なんとかね」

亜実は小泉にぎこちなくもうなずいてみせた。

福永は無事な亜実の姿を目にして、ただ安堵していた。それは、残虐な空間からの一瞬だけの逃避だった。

「……ひとり足りません」

しかし、隣に立つ藍の言葉は冷酷だった。彼女の目は現実だけを冷たく直視していた。

……八人。福永の視界の範囲内にいる人数は、自分を合わせて八人だけだった。

誰がいない？　福永はまだこの部屋に出てきていないひとりを探した。足りないひとりは――。

「――部長は？」

福永の言葉に、メンバーたちは重々しく視線を絡ませたが、誰の視線も部長の中村を捉えることはなかった。まだ個室の中にいるのだろうか。

福永は他のメンバーの視線に押されるように駆けだした。それでも走ったのは、他人を心配している自分を演出したかったのかもしれない。そんなネガティブな思考をまとって、福永は扉をくぐって個室が並ぶ廊下へと入った。背後を小泉と藍がついてくる。

「部長、出てきてください！」

福永は廊下で叫んだ。中村がどこの部屋に入ったのかはよくわからない。個室の扉は全て閉まっている。

「どこに入ってたっけ？」

小泉が個室の扉を端から開けていく。

無事なはずだと福永は思った。ルールは破っていない。指定どおりに行動していたのだ。無事であってほしかった。

福永も小泉と逆側の扉を、体当たりするように端から開けていった。朝がきて、全ての部屋の扉のロックは開いているはずだ。

「あっ……」

嫌な予感を振り払うように激しい勢いで扉を開けていた福永は、弾き返されるようにのけぞった。ドアノブが回らなかったのだ。強く扉に体をぶつけた福永は、廊下でよろめいた。

「大丈夫ですか？」

脇にいた藍が福永の右手を取った。福永の割れた爪から血が滲《にじ》んでいる。

「なんでロックがかかってんだ？」

怪訝な表情で寄ってきた司馬が、はっと息を呑んだ。司馬の視線はその扉に固定されている。福永と藍も、司馬の視線を追い固まった。

扉の小窓のフィルターがなかった。赤い覆いが取り払われ部屋の中が見える。そして、部屋の中にはベッドに横たわる血まみれの中村の姿があった。

「……自分でやったのか？」

真っ先に思い浮かんだのは中村の自殺だった。恐怖と圧迫感に耐えられず、自分で命を絶ったのだ。喉を切り裂き自殺した。

そんなことを考え、硬直する福永の隣で藍が首を振った。

「血じゃないです。あれって、花びらです」

「花びら……？」

藍の言うように、よく見ると血しぶきに見えた赤は花びらだった。真っ赤な花びらが中村の上に散らされている。

しかし出血がなくても、この状況は変わらないように思えた。これだけ騒いでも、扉の向こうの中村はぴくりとも動かない。

「……どうなってる？」

廊下に出てきていたメンバーたちが顔を歪めている。

「部長、開けてください」

福永は拳で扉を叩いた。しかし、それはアピールだった。現状を冷静に確認するための作業としての行動にすぎない。すでにどうなっているのか把握していた。

小窓から見える中村はぐったりとベッドに横たわっている。力なくぶらんと床に垂れ下がった右手には生命を感じられない。彼が死んでいることはこの距離でもわかった。

福永はしばらく扉を叩き、ドアノブをがちゃがちゃと回したあと首を振った。

「寝てんのか？」

司馬が聞いたが、福永は曖昧に首を振ることしかできなかった。

「……いったん部屋に戻りましょう。そこで話し合います」

福永の代わりに口を開いたのは小泉だった。通路で立ちつくす三年たちに、部屋に戻るよう促した。

すでに、状況を悟っただろうメンバーは、沈黙したまま部屋に戻っていく。福永と藍もこの通路から逃げだすように部屋へと戻った。

部屋に戻ると、壁際にへたり込むように座っている恵美の姿が見えた。膝を抱えて座る彼女は、外からの情報を拒絶しているかのようだった。他のメンバーは、そんな恵美を囲むように集合した。亜実が何も言わずに、ただ恵美の隣に座り肩を抱く。

部屋に重々しい沈黙が流れた。福永はメンバーの輪から少しだけ外れて突っ立っていた。目に見た情報が処理されずに、ふわふわと宙に漂っているような気がした。未消化の情報が全身を凭れさせている。

なんでこうなったのか、と思った。何かを間違えたのか、それとも、全ての行動に意味がないのか。自分たちは、ガラス瓶に閉じこめられた虫なのだ。殺されることに理由も意味も存在しない……。

「……ルールどおりに行動しようって言ったのはおまえだよな」

顔を上げると、司馬がこちらを見ていた。怒号をあげる気力も萎《な》えたようで、疲れの混じった顔を向けている。

「確かに言いましたよ。とりあえず、ルールどおりに動いてみよう、とは」

「それで、この結果じゃねえか。動いて最悪の結果になった」

「はい」

「はい、じゃねえだろ」

歩み寄ってきた司馬が、福永の胸ぐらをつかんだ。

「やめて！」

悲鳴のような叫び声を上げたのは膝を抱えていた恵美だった。

「そんなこと言ったってしょうがないよ。だから、やめて……」

今にも泣きだしそうな恵美の声に、司馬が手を離した。

個室に横たわる中村がどんな状態なのか、誰も口にしないのに、誰もがそれを理解して受け入れていた。ネガティブな現実があっさりと受け入れられている。

部長の中村は、三人目の犠牲者となったのだ。

福永はぼんやりと立ちつくしながら、もうあの個室から出てこないだろう中村について思いをはせた。

――強引に勧誘されてね。

あの強引に開催された歓迎会で、一年先輩でサークルの部長の中村はそう苦笑いしていた。

数年前、このオカルトサークルは、よくある大学のイベントサークルようなものだったらしい。強引に新人を引き入れ、飲み会を繰り返すだけ。ときには車で山奥の心霊スポットに行き、男女でわいわいやっていただけのようだ。要するに、オカルトという要素は男女で騒ぐための理由づけにすぎなかったのだ。

一時期、三十人程度までメンバーが肥大したことがあったようだが、これもよくある話で、サークル内でカップルが成立していくに従い、人間関係の歯車が狂っていき、サークルは徐々に衰退に向かった。

ただし、オカルトサークルという要素はひとつの生命のように生き残りを図った。

メンバーの新陳代謝を繰り返し、サークルを成立させる微妙なバランスを模索し続けた。そして、辿り着いたのが量より質という結論だったのではないだろうか。光を放つひとりがいればいいと。そうすれば、光に誘われるように人数が集まる。宇宙の全ての生命がそうであるように、オカルトサークルという要素も生き残りを求めたのなら、高梨直子がこのサークルに入ったのは運命であるのかもしれない。

高梨直子。つまり藍の姉だった。

直子はネジが外れて崩壊に向かっていたイベントサークルの中で光を放った。彼女は人を惹きつける魅力と強引さを持ち、幽霊部員を一掃し、実体のあるサークルに変《へん》貌《ぼう》させた。

中村はそんな直子に強引に勧誘されたのだ。福永があとから直子に聞いたところ、サークルに一人は会計的な人間が必要だからという理由で、神経質そうな中村を引き入れたようだった。

中村はこのサークルの中で、他のメンバーとは微妙な距離を保って存在し続けた。福永や小泉が帰りに飯を誘っても、実家から通っているからと、ほとんど誘いに応じなかった。ただ、ラーメンが好きで大学周辺のラーメン屋は一通り食べ、福永も数回おごってもらったことがあった。そのときに交わした会話はなんだっただろうか。大学のゼミや単位についてなどのたわいのない会話だったような気がする。そんな話をするときも、中村は決して相手の目を見ることがなかった。いつでも、微妙に視線を逸らして他人と会話をするのだ。

しかし、その中村という存在は消えた。

室内は沈黙が続いていた。水に没したような空間は、とても息苦しい。それでも、福永はなんとか思考を続けた。この事実から目を逸らしてはいけない。

まず中村について。彼は死んでいた。なんであの結果となったのだろうか。死因はなんなのか。自殺という可能性もあるが、首を吊った様子もなく、ただベッドに横たわっていただけだ。そして、その上から散らされた真っ赤な花びら。

……あの花びらはなんなのだ？

「水、どうぞ」

亜実が、ぐったりとへたり込んでいる恵美にペットボトルを渡しているのが見えた。恵美はお礼を言って受け取ったが、水は飲まなかった。その横で小泉はぼんやりと立ちつくしている。思考を巡らせているようだったが、何か迷っているようにも見えた。昔から小泉は、判断に迷っているときは誰とも視線を合わせずにいる。

「これからどうなるんだろう。ずっとこのままなのかな」

青沼が赤い野球帽のつばを触りながら言った。

「わかるわけねえだろうが」

司馬が青沼の胸をどすんと突き飛ばす。

「やめましょうよ司馬さん」

福永は、司馬の態度にイライラとしていた。ただでさえ叫びだしたいこの状況なのだ。

「なんだよその目は」

司馬が福永を睨みつけた。

「みんなこんな状態なんですから、でかい声を出さないでくださいよ」

「じゃあ、どうしろってんだ」

司馬が福永ににじり寄る。間近で見る司馬は、額にべっとりと汗をかいていた。表情はぷつりと切れる精神状態を表しているようで視線は定まっていない。

「とりあえず、話し合いましょう。冷静に話し合いを」

ふたりに言ったのは小泉だったが、司馬の声のトーンはさらに上がった。

「話し合い、話し合いで、どうにかなるってのかよ。いい加減うんざりなんだよ」

「しないわけにはいかないでしょ」

福永は司馬に言い返した。

「だいたいおまえのせいじゃないのか？　おまえが言われたとおりにやってみようって言いやがるからだろうが」

「じゃあ、他に何ができたんすか？　司馬さんに何かいいアイデアがあったんですか？」

「やめろよ、福永」

小泉が間に入り、福永はよろけるように司馬から距離を取った。司馬は疲れたように壁により掛かる。

どうすればよかったのだ。言われたようにやったから、ああなったと言うのか？

突っ立っていた福永の呼吸が乱れ始める。着ているシャツを引き裂き胸をかきむしりたい衝動に駆られた。

「……中村さんが死んだのは、俺のせいってことっすか」

胸から溢れだすように言葉が漏れていた。その言葉に、一瞬だけ周囲の動きが止まった。ここで初めて、この部屋で中村の死の現実を口にしてしまった。

「おい、なに言って……」

司馬は驚いた表情で振り向く。それでも福永はやめなかった。

「じゃあ、他に誰が死ねばよかったんですか？　代わりに俺が死んでれば文句なかったんですか？」

福永の言葉に場が静まり返った。周囲が視線を逸らす中、すっと立ちあがったのは亜実だった。

亜実は興奮する福永に歩み寄り平手打ちをした。叩かれた音が、妙にはっきりと部屋に響いた。

「やめてよ。なんでそんなこと言うの？　そんなこと言ったってしょうがないでしょ」

亜実は肩を震わせながら福永を睨んでいる。

「いつでも君の言葉はデリカシーがなさすぎる」

福永は亜実の言葉を聞きながら棒立ちしていた。叩かれた頰《ほお》の痛みは全く感じなかった。全身の倦怠感《けんたいかん》と痺れと、こんな状況で気恥ずかしさを感じた。日常では亜実に叩かれたことなどなかった……。

泣き声が聞こえた。見ると、恵美がボロボロと涙を流し嗚咽《おえつ》を漏らしていた。亜実が恵美に近づきそっと肩を抱きしめた。

「やっぱり、話し合ったほうがいいと思います。こうして、精神的にマイナスな時間を作るよりも、せめて前向きな行動をしましょう」

平坦《へいたん》なトーンで言ったのは藍だった。

「福永先輩も落ち着いてください。前向きな話をしましょう」

「……ああ、悪かった」

藍に言われて、福永は素直にうなずいた。

「議論できる人だけでいいから話し合おう。生産的な会話を」

すぐに小泉が同意した。

「時系列を組んで話し合いましょうか。昨日……設定としての昨日ですが、私たちが部屋に入る前までさかのぼって話し合いませんか？　どうしてこうなったか、知る必要があると思うんです」

藍の声はテレビ画面の向こうのアナウンサーのような口調だった。綺麗な発声で正しい情報だけを伝えるという口調。藍はいつでもそんな感じの印象を与える。一緒の場所にいるときでも、どこか別の場所にいるような。藍の言葉をつい聞いてしまうのは、そんな理由ではないだろうか。テレビのニュース速報を見るように、黙って視線を向けてしまう。

「あのラビットが言ったんだよね。ひとりずつ家に入りましょうって」

藍の言葉を引き継いだのはやはり小泉だった。小泉の口調は、とても穏やかだった。

少しでも周囲を触発しないようにとの気配りを感じさせる。

「個室に入れば安全だと言ってたんだよな」

福永はつぶやいた。それなのに、あのような事態になってしまった。

「安全とは言いきってはいなかったかもしれません。ひとりずつ個室に入って鍵を閉めれば大丈夫だと思いますよ、みたいなニュアンスだったような」

「じゃあ、部長は何か禁忌を犯したのかな」

小泉はじっと考えている。

「鍵を閉め忘れた、との理由はないはずです。昨日、私たちが個室に移動したとき、あの兎に誘導されましたよね。ラビットはひとりずつ個室に誘導して、鍵が閉まったことを確認してから次を誘導していました。ですから、部長さんが鍵を閉め忘れた可能性は薄いです」

いつの間にか、現状を受け入れての議論が始まっていた。重々しく停滞していた部屋の空気が、ゆっくりと循環し始める。ただし、新鮮な空気は入ってこず、ただ濁った空気をかき回しているように思えた。

そんな空気の中、突如あの音が聞こえ、藍が小さく悲鳴を上げた。

「きゃっ……」

ピヨピヨという電子音は、藍からだった。

我に返った藍はスカートのポケットからあの携帯電話を取りだした。

「メールの着信です」

藍が携帯のボタンを押しながら言った。福永は藍の隣に立ち、携帯画面を覗きこむ。

そこにはこのような文章が送られてきていた。


【魔物に怯え家に閉じこもった村人たちだったが、それでも魔手は扉の中にまで侵入した。ひとりの村人が犠牲になった】


藍が淡々とその文章を読み上げた。

室内の空気がさらに重く濁り停滞した。

「……とにかくルールは破られた。もう、これ以上あの兎には従えない。あの兎の言動には悪意しかなかった。やっぱり自分たちで脱出方法を探すしかない」

福永は沈黙のなか声を上げた。相手が提示してきたルールは、相手自身が破棄したのだ。しかし、そんな福永の意見に異を唱える存在があった。

『そんなことありません。私は村人さんを助けようと助言したんです』

声は画面からだった。振り向くと、やはり画面にラビットが映っていた。ラビットのキンキン声に、メンバーたちが顔を歪める。

『この村に魔物がいることは確かなんです。それで、私は村人さんたちに忠告をしに来たのです。それなのに、なんで私を責めるんですか……』

ラビットは力なく耳を垂らしてうつむいている。

室内に沈黙が流れた。メンバーたちはラビットに同情したわけではなく、ただ吐き気をこらえていた。

『……とにかく、私は罠から助けていただいた村人さんに恩返しをしたいのです。ですから、斬魔刀まで見つけてきたんです』

「もうよそうぜ。こんな言葉聞く必要はねえ」

声を上げたのは司馬だった。司馬は脇で震えている恵美に気を遣っているようだ。

「いや、とりあえず、聞くだけ聞くべきっすよ」

福永は司馬を制した。司馬の気持ちもわかるが、それは思考の放棄だった。

「おまえは、そんなにこの兎が好きなのか？」

司馬は呆れたような視線を向けた。

「……聞ける気力のある人間だけでも聞くべきですよ。精神的に厳しいと思ったら、画面から離れて耳を塞ぐ。それでいいでしょ」

福永は、そう答えた。しばらく沈黙が流れたが、誰もこの場を離れる人間はいなかった。その後、再びラビットが口を開く。

『私は村人さんのことが心配になり、昨晩こっそりと様子を見に来たのです。そうしたら、やはり魔物がいたのです。暗がりの中、しばらく村を動き回っていました……』

ラビットは低いトーンで続ける。闇に紛れて村に侵入した魔物について。魔物は村を動き回り、外に出ている人間を捜していた。一昨日の晩のように、無防備に外に出ている人間を捜しまわったのだ。

しかし、魔物を警戒した人間は家の中に閉じこもり固く鍵をかけていた。魔物が食べられる人間の姿はなかったのだ。

『そこで、魔物はある家の前に立つと、強引に扉をこじ開け始めたのです。それは恐ろしい光景でした。扉は空腹の魔物によって破られ、中にいた村人は……』

室内にはメンバーの激しい息づかいだけが聞こえていた。福永の口に錆びた鉄の味が広がっていた。指で唇を触ってみると、真っ赤な血がついていた。乾きすぎた唇が切れてしまったのだ。

「亜実、もっとゆっくり呼吸したほうがいい」

福永は顔面蒼白《そうはく》の亜実に近づいた。過呼吸で今にも倒れそうな亜実だった。

「手で口元を覆って、ゆっくりと呼吸して……」

亜実はうなずき呼吸を落ち着けると、取りだしたハンカチで福永の汗に濡れた額を拭った。

「……さっきはごめんね」

「いいさ、俺が悪かった」

福永は亜実に首を振ってみせた。

『やはり、魔物は村にいたのです。どうにかして魔物を捜しだす必要があるようです』

ラビットは淡々と説明を続けている。そんな画面を凝視しているのは藍だけだった。他のメンバーはラビットの言葉に聞き耳を立てながらも目を逸らしている。

『この太陽の出ている時間に魔物を捜すのです……』

しばらく待ったが、ラビットは沈黙している。

「……この空間に魔物が潜んでいるってことを言ってるのか？」

福永は小さくつぶやいた。

「そうかもしれない。この中に誰かがいて、夜の時間になって出てきているのかも」

小泉も同意した。

この密室に潜んでいる魔物。ラビットの言うことが本当ならどこに隠れているのだ？　ずっと捜していたが、人の隠れるスペースは存在しない。

「兎が本当のことを言ってるとは限らないぜ」

そう言ったのは松浦だった。普段は軽口ばかり叩いている彼も、この状況では疲労の溜まった表情をしている。

「もう一回だけ捜してみませんか？」

藍は画面に視線を向けたまま提言した。

「でも、あれだけ捜しまわってもなにもなかったでしょ。それに、捜しまわる時間だってあまりないよ」

恵美の視線はあの時計を向いていた。こうしている間も時計の太陽は、ゆっくりと夜の時間に向かって動き続けている。

「大丈夫です。そんなに時間はかかりません。確認するだけなので、待っていてもらえますか？」

藍はそう言い、まずはあの扉へと向かった。秋山と川田が眠る霊安室への扉。福永と小泉もついていく。福永も確認したかった。

「……やっぱり開いた気配はありません。髪をくっつけていましたけど」

藍は扉に貼《は》りつけた髪を確認している。

「俺もそうだ。扉にクッキーの箱の切れ端を挟んでおいたけど落ちてない。……小泉もなんかやってたのか？」

福永は、扉を調べる小泉を見た。

「蝶番《ちょうつがい》の上にペットボトルのリングの切れ端を置いていたんだ。扉を開けたらつぶれてわかるからね」

三人とも誰にも相談せずに仕掛けておいたようだ。それは設置されているだろう監視カメラ対策でもあった。できるだけ目立たない動きでトラップを仕掛けていた。

「まだ、この部屋に戻って、誰もトイレには行っていませんよね」

藍は続いて洗面所への扉を調べる。やはり開いた形跡はない。

二つの扉は開かれていなかった。昨日の夜、最後まで福永がこの部屋に残っており、他の人間が扉を開けてないことを確認している。

「じゃあ、あの通路を調べよう」

福永は個室のある廊下へと向かった。十四部屋の個室と、ノブが取り去られた突き当たりの扉がある。

三人はまず突き当たりの扉へと向かう。そんな三人を部屋の中から司馬が監視するように視線を向けていた。

「……やっぱり開いた形跡はないですね」

「僕もないと思う」

藍の言葉に、小泉も同意した。

「じゃあ個室だけど、可能性があるのは誰も入っていなかった五つの部屋」

福永は個室の扉にはトラップを仕掛けていなかった。個室はあまりにシンプルな空間で誰も隠れたり出入りするスペースは存在しない。

「私は一応、昨日個室に入る前に、全ての扉に仕掛けてはいるんです」

仕掛けをしていたのは藍だけのようだ。藍は十四の全ての扉を調べている。

福永は大きく息を吐いて上を向いた。まだ考えがまとまらない。だが、嫌な予感が強烈に膨らみ始めたことを感じた。横を見ると、小泉も真っ青な表情をしていた。

扉を調べ終わった藍が首を振った。残りの五つの扉は開いた形跡がないということだ。

「……戻って話し合いましょうか」

藍が静かに言った。

三人はいったんメンバーのいる部屋へと戻った。相変わらず、部屋は真っ黒な霧で淀んでいた。部屋に戻った三人を、残りの五人がじっと見つめている。

「おそらくですが……」

藍の声は少しだけ震えていた。

「このスペースに侵入者はいません。完全に密室で、私たち以外に誰も入った形跡はありません」

「誰かが潜んでいるってこともないの？」

膝を抱えた恵美がわずかに顔を上げた。その声は、なんだか少しだけ安堵が混じっていた。しかし、彼女はわかっていない。この事実がとても残酷な現実であることに。

「潜んでいることもないでしょう。この空間、私たちが移動できるこのスペースには、私たちしかいないと思います」

藍は、扉に目印をつけていたことを説明して裏付けをした。

「あ、あの扉は？　この部屋と個室を繋ぐ扉が開いていたかはわからなかった？」

聞いたのは怯えた様子の青沼だった。彼はすでに察しているようだ。

「俺が目印をつけていました」

福永は突っ立ったまま答えた。

「昨日の夜、俺が最後にこの部屋を出て個室に向かったんだ。そのときに目印を挟んでおいた。そして、他の人が扉を開ける前に確認した。……あの扉だけは開いた形跡があった」

福永は誰に語りかけるでもなく、視線をうろうろとさせながら言った。つまり、夜の時間帯に個室とこの部屋を連絡する扉だけは開いていたのだ。

「てか、だからどうだってんだ？　中村があああなったのは、秋山と川田と同じ方法でだろ。毒ガスかなんかでだ。たぶん、カメラ越しにボタンを押しておしまいだ。入ってこなくても事はすむぜ」

司馬が吐き捨てるように言った。

「……いや、司馬さん。魔物捜しは重要なんです」

小泉が青ざめた表情を向けている。

「だからあの兎の戯言《ざれごと》だろ。魔物とか関係ねえだろうが」

「そうよ、魔物は外にいるのよ」

恵美が司馬に追従した。

「……魔物はこの密室にいます」

福永の言葉に、藍と小泉以外の視線が向いた。これは藍に説明させることはできなかった。この冷たい現実の伝達は高校生の女の子には重すぎる。

「ここからは俺の考えとかじゃなくて、ただ状況証拠だけを言います。まず、ここは完全な密室スペースでサークルのメンバー以外誰もいないし、あとから入った様子もない。そして、三人があんなことになった」

「ねえ、そんなこと思いだしたくないの」

恵美が弱々しい表情を向け頭を振った。

「今回は全員が聞かなきゃいけないことです」

福永はきっぱりと言った。

「先輩たちがああなったのは、外から操作されてでしょ」

亜実が恵美の手を握ったまま福永を見ている。どんなことを言うのか、内容はわからなくとも感じ取っている。思えば亜実は、大学生活の中で福永の気持ちを汲《く》み取るのが上手かった。感情表現が上手い人間は、他人の感情も察知しやすいのだろうか。

「まず、秋山さんと川田さんの二人と、部長は状況が違う。秋山さんたちがどうなったかっていう状況は全くわからない」

福永は言葉を選びながら続ける。

「……でも、部長のあの状況にはメッセージがある」

メンバーに伝える冷酷なメッセージだ。

「中村君が何かを私たちに伝えようとしたの？」

恵美の声は震えていた。

「違います。メッセージを出したのは……魔物です」

「いい加減にしろよ。おまえは何が言いたいんだよ」

痺れを切らした司馬が福永の言葉を遮った。

「要するに、あの部屋に誰かが入ったってことです」

福永の言葉に室内は静まり返った。

「どういうことだよ、福永。この密室には誰も入ってきてないって言ったばかりだろ」

声を出したのは松浦だった。

「ロックされた個室に倒れている部長を見ただろ。そして、その上に散らされた赤い花びらがあった。それは、この部屋にあったものだ」

福永は画面の横を指さした。そこに飾られていたはずの真っ赤な造花がなくなっている。花束は中村と一緒に個室に閉じこめられている。

「……私たちの中の誰かが放り込んだの？」

状況を察した亜実が怯えた声を出した。状況証拠からすると、花を投げ込むことのできるのはこのサークルメンバーだけとなる。

「でも、どうしてそんなことを。なんで花を……」

恵美は困惑している。まだ真実を悟っていない。いや、目を逸らしている。

「俺は言いたくないんですけど、たぶん、この中に……」

福永はテーブルに近づき、その上に落ちていた真っ赤な花びらを手に取った。

「まだ決まった訳じゃない」

福永の言葉を遮ったのは小泉だった。

「確かにここはクローズドスペースで僕たちの他に誰もいない。だからといって、関連づけるのは早計だぞ」

「でも、時間がない。事実を言って議論するべきだ」

「無理だって。この状態を見ろよ福永。そんなことできないよ」

「俺は正しい情報を伝えるのが筋だと思う。その上で話し合えばいい。都合の悪い考えを言わないのはアンフェアだ」

「おまえらは何を言ってんだよ！」

「魔物の話です。俺たちが捜していた魔物は見つかりました」

司馬の一喝に、福永が返答した。誰の息づかいも聞こえない。室内の時すらも止まったかのようだった。

「……どこにいるの？」

恵美が擦れた声を絞りだした。

「この部屋の中ですよ」

福永は顔を歪めた。こんなときにどんな表情をしていいかわからない。

「魔物は全員見ています。……そうです、この中にいるってことです」

福永はついに冷酷な宣言をした。

「……殺人犯がこの中にいるってことか？」

詰め寄った司馬が、福永の胸ぐらをつかんだ。

「状況を言っただけっすよ。俺の考えとかじゃないです」

「同じだろうが。そんなはずはねえよ。俺たちは仲間だろうが」

誰も司馬を止めようとしない。周囲が福永に向ける視線には、非難めいたものが含まれているように感じた。

「……あの絵、見てもらえます」

藍の視線の先には、あの村人たちの絵があった。司馬も福永の胸ぐらをつかんだまま視線を向けた。

「あの絵には最初は十一人の人間がいたんです」

藍が低いトーンでつぶやいた。

「……でも、今は八人しかいません」

油絵ではなく液晶画面になっているのだ。作中の登場人物が消えていく。

「そして、私が気になったのはその八人の中のひとりです」

メンバー全員が絵に集中している。福永は司馬の手を振り払って大きく息を吐いた。

藍が注意を逸らしてくれたようだ。しかし、そちらの情報もよいものではない。メンバーの精神をすり減らすだけのものだ。

福永は絵に視線を向けてどきりとした。すでに村人の数とサークルメンバーの人数が同じであることは察していた。しかし、さらに別の変化があることに気づいた。

八人に減った村人のうち、ひとりの口元が真っ赤に染まっていた。血まみれの鎌を持ったあの村人の口元が、生き血を吸ったかのように赤く濡れている。先ほど絵を見たとき、福永は人数程度にしか注意を向けていなかったが、藍は細かいところまで観察していたようだ。

あの村人は魔物を表現しており、同時にこのサークルメンバーの中に魔物が紛れ込んでいることを示唆している。そして口元の血は、中村を食ったことを表現しているのでは？

他の七人の村人は怯えていた。全ての人々が恐怖の表情を露出させている――。福永は眉根を寄せた。怯える村人の表情は様々だ。全員が同じ表情で怯えを表現しているわけではない……。

「僕らを疑心暗鬼にさせるガジェットかもしれない。例えば、こうしてお互いに不信感を与えて混乱させる。きっと、そんな光景を外から見てあざ笑っているんだよ」

絵を凝視する福永の横で、小泉が皆に語った。

「私もそう思います」

藍も同意する。福永は絵から視線を外して小さく頭を振った。それらの意見は思考の放棄ではないか？　嫌な現実から目を逸らしている。

しかし、藍は冷静に続けた。

「私は皆さんを信じます。でも、話し合いは必要だと思うんです。お互いを信じ合えるんだったら、冷静な議論ができるはずです。そして、問題解決を目指しましょう」

藍の言葉に異論は出なかった。ぷつりと切れそうだったこの状況は、なんとか細い糸で繋がれていた。

「藍ちゃんの言うとおりだね。話し合いだけはしよう」

恵美が力なくうなずく。彼女は自らを疲弊させる感情よりも、理性に頼り始めていた。

「まず状況を整理しましょうか。ロックのかかった部長の部屋に花が持ち込まれたことについて。何を意味しているのか、誰が持ち込んだのか」

小泉が議論を誘導する。

「俺は違うぜ。部屋から出ちゃいない」

真っ先に松浦が否定した。

「ねえ、そういうのやめようよ。お互い疑っている感じになる」

亜実が首を振る。

「じゃあ一応聞くけど、誰も外に出てないですよね」

小泉が聞いたが、当然誰も名乗りでない。

この中の誰かが嘘《うそ》をついているのは確実だった。この部屋に置いてあった花を、個室に投げ入れることができたのは、この密室にいる人間だけだからだ。

「……ただ、たとえ誰かが花を個室に投げ入れたとしても、その人が部長をあしたことにはならないんだけどさ」

「確かにそうだな。でもさ、状況は死んだ部長の上に花を投げた、っていう感じだったよな。生きているうちに投げてもああはならない」

小泉の意見を受けて福永は言った。花を投げた人間は、中村の死を知っており、その上で花を投げたのだ。人の死を受け入れていた。

福永は思考を続けながらふと視線を上げた。気づくと不穏な空気が停滞していた。

「福永君、もっと言葉に気をつけて。死んだ、とか言わないで……」

恵美が膝を抱えたまま言った。こちらには視線すら向けない。

議論が積み上がっていかない。この状況で生産的な会話はできないと感じた。この場では論理的な討論は正義ではないのだ。

「もしかしたら、誰かが入ったという事実だけが重要なんじゃないですか？」

不穏な沈黙のなか藍がつぶやいた。

「――その行動は、このお話のルールを満たしているだけです。魔物が扉を開けて、村人を襲ったというお話です。実際に手を下したかは不明ですが、扉を開けたという証拠は残したんです」

福永は藍の言葉を聞きながら同意した。花の意味は別にあるのでは、と。理由と必要があって投げられたのではない。例えば、この密室のルールを満たすだけのために、死体の上に投げられた……。

それから誰も声を発しなかった。どうにもならないのだ。できることといったら、誰が魔物役をやっているかと、メンバーひとりひとりの胸ぐらをつかんで吐かせるしかない。しかし、そんなことになったら、ぎりぎり理性が保たれているこの密室は崩壊する。

福永は口をつぐんだまま考えた。頭の中ではどのようなことを考えても非難されない。積み木は頭の中で綺麗に積み上げるべきだった。

——まず、部長の中村を殺したのは誰だ？

藍の言うとおり、扉を開けたことと直接手を下したことは一緒ではないかもしれない。しかし、扉を開けて花を投げ込んだ人間は、中村の死を知りつつも、平然とこの部屋で会話に加わっている。

沈黙の意味は悪意に他ならない。何食わぬ顔をしてこの輪に潜んでいる。

そこまで考えて思った。本当にそうなのだろうか。それは状況証拠でしかないのだ。誰も入ってきていないという密室が前提だ。

何か見落としているものはないか。こうしてお互いを疑わせ、争いに発展させることが目的なのかもしれない。

　また、福永の心の中に友達や先輩を疑いたくないという思考があった。いや、その思考が大半を占めていた。このサークルのメンバーが全て聖人であるとは言わないが、それでも裏切り者がいるはずがない。

　福永は唇を噛んだ。自分は心の中までもいい人間でいたいのか。この限られた時間内で、理性に則《のっと》り自分なりの解答を出さねばならないのだ。感情に流され楽な思考に身を委《ゆだ》ねれば、気づいたときには底に沈んでいる。

……冷酷に考えるなら、やはりこの中に裏切り者がいるはずだ。

　福永は少しだけ視線を上げた。この場にいる八人は、それぞれ視線を合わせようとはしない。気まずい時間の中、全ての視線は不自然に動かなかった。

　まず、中村を殺したのは外部の人間だ。と、福永は考えた。たとえ、どう脅されようと、知り合いを殺せるような人間がこの中にいるはずはない。それは逃げの思考ではなく、リアルな事実であるはずだ。

　これだったらどうだろう。すでに死んでいる中村の個室を開けて花を放り込め、という命令。これなら、ある程度の脅しで行動することを選択するのでは？　それくらいだったら、悪意ある裏切り者まではいかず、酌量の余地がある。穴のある考えではあるが、まだ人間的だった。

しかし、いつそんな時間があったのか。そして、脅したとしたら誰が脅したのか。

『……さて、昼の時間も半分が過ぎ、夜になるのも時間の問題ですね』

どきりとして顔を向けると、画面にラビットが表示されていた。時計の針は真上を指している。昼の時間帯の中間位置だった。空転し続けた議論は、人間の時間の半分を浪費してしまった。

『私が言ったとおり、すでに魔物はこの村に潜んでいます。皆さんは、どうにかして魔物の魔手から逃れる必要があるのです』

……息苦しい。ラビットのキンキン声がとても凭れる。福永は、ただ必死に呼吸を整えていた。吐きそうだった。

『昨日の夜、私は村人さんが心配になり、この村の様子をこっそり見ていました。魔物は、すでに村に潜んでいて、外に人がいないことを知ると、家の扉をこじ開け始めたのです……』

ラビットは淡々と説明をした。それは、前に言ったことと被っていた。しゃがみ込んでいる亜実が強く耳を塞いでいるのが見えた。体を傷つける尖《とが》った情報を遮断している。

ラビットはああして恐怖におののく人間たちを見て楽しんでいるのだ。たぶん、これは娯楽なのだ。狂人が仕組んだエンターテインメントだ。

しかし、ラビットは福永たちにとって生産的な情報を口にした。それは、藍すらも存在を忘れていたものについてだった。

『魔物を斬《き》る斬魔刀を上手く使えれば村人さんは無事に朝を迎えられたのです』

その言葉にはっとしたように、藍がポケットからあの携帯電話を取りだした。

『先にも言ったとおり、魔物を一刀両断するという伝説の斬魔刀は月の光を浴びないと魔力を使えないのです。要するに使える時間は夜しかないのです』

藍は手に持った携帯電話をじっと見つめている。

『使用方法は簡単です。持っているだけでいいのですから。夜中に家に忍び込んだ魔物は、月の光を浴びた斬魔刀によって真っ二つになるのです。……村に平和が訪れます』

ラビットが明言した希望の光。しかし、誰もが暗い表情のままだった。どんどん置かれた状況がアウトカーブしていく。魔物だとか村人などという戯言が、強引に浸水してくる。サークル活動をしていたはずの大学生たちは、気づくと物語の中にいた。福永たちは村の中で呆然と立ちつくす村人だった。

『魔物に勝つには斬魔刀の力を借りるしかありません。魔物は特に夜に力を発揮するのです。太陽の下にいる魔物はそうでもありませんがね。それでも、普通の人間は一対一ではかないません。つまり、村人と魔物の二人きりまでに減った時点で、この村の崩壊が決まるのです……』

やはりラビットは昔話を語りつつ、ルール説明をしていた。

こう言ってるのだ。ゲームのルールはこうです。ですから、自らの命をチップにしてがんばってくださいね、と。

そして気になったのは、村人と魔物の二人きりまで減った時点で、という内容だった。そんな状況が起こりうるというのか。ひとりずつ殺されていき、二人にまで減ってしまう……。

そんなことを考える福永をよそに、場の空気は動いていた。それは藍の持っている携帯電話、つまり斬魔刀という要素によってだった。

「言い換えれば、これを持って個室に入っていれば、助かるってことじゃねえか？」

松浦が藍から携帯電話を奪うように手にした。

「なに勝手に持ってんだよ」

司馬がギロリと睨みつけた。

「……ていうか、なんで藍ちゃんが持ってたのさ。これを持ってりゃ、安全だって気づいてたってことだろ？」

松浦の語調には批判じみたものがあった。

「いえ、そこまでは考えてなかったです」

藍は気まずそうに答えた。

「安全って？　兎は安全とまでは言ってないと思うぞ」

福永は、松浦の言葉に反応した。

「いや、安全だろうよ。斬魔刀で魔物を斬り殺せるんだぜ」

松浦は携帯電話を刀のように振ってみせた。

「じゃあ、これを部長が持っていれば、ああはならなかった、ってこと？」

オドオドと青沼が言った。周囲の視線が斬魔刀を持っていた藍に集中した。

「……僕が言ったんです。確か、使い方がわからないから、とりあえず藍ちゃんが持っているように、って」

小泉が藍を擁護した。

「とにかく、話をまとめましょうよ。こうしているうちにも時間が」

福永は動き続けている時計を指さした。刻々と夜の魔物の時間帯に近づいている。

「議論する材料がそろってきてますし」

「材料とか関係ねえだろ！」

福永に叫んだのは司馬だった。その声に、藍がびくっと体を震わせた。

「……でも司馬さん。話し合わなきゃ先に進まないっすよ」

「人が死んでるんだぞ。これはゲームじゃねえ」

「そうだよ、司馬君の言うとおりだと思う。ゲームじゃないよ」

恵美も険を含んだ口調で言った。

「じゃあ、時間が来たらどうするんすか？」

福永はイライラと焦《じ》れていた。何故、目を逸らしているのだと思った。自分の足元を見ることなく、気づくと底なし沼に沈んでしまう。

「例えばの話をしませんか。僕らはこの状態がどうなってるか考える必要もあるし、だからといって、仲間を疑うこともできない。だから、例えば、という前提で議論だけしていくんです。その後、それを受け入れるか拒否するかを考えます」

そんな議論方法を提示したのは小泉だった。そんな意見に、周囲は曖昧にうなずいている。

嫌な気分だった。やはり、現実からただ目を逸らしているだけなのだ。それでも、自らの置かれた危険な立場には気づいている。だからこそ、小泉の上っ面の言葉を受け入れた。自らを綺麗な場所に置きたいだけの思考だった。それでも議論はやっと回り始めた。

「兎の言ったことをまず確認しましょう。兎のお話の再確認です。まず、兎は魔物がこの村に潜んでいると言いました……」

小泉が中心になり話し合いが進んでいく。周囲のメンバーも、小泉の言葉を補足するようにぽつぽつと言葉が出てくる。

高校時代も小泉は常に議論の中心にいた。議論を煮詰めることよりも、周囲の意見を引きだすことが上手かった。そんな福永の回想をよそに、密室の議論は進んでいく。

兎のお話をまとめるとこうだった。

まず、村の中に魔物が潜んでいる。

魔物は夜に活動し、家の外に出ている村人を食い殺す。

家の外に村人が出ていない場合、家の扉をこじ開けて村人を一人食い殺す。

と、いう三つの要素によって、三人が実際に殺された。秋山と川田は家の外で、部長の中村は家の扉をこじ開けられたのだ。

ただし、現実的に魔物が手を下した、とは考えにくい。魔物が食い殺したという前提で、実際に手を下したのは福永たちをこの密室に閉じこめた存在であるはずだ。

そして斬魔刀について。

斬魔刀とは魔物に対抗できる唯一の武器である。月の光を浴びて魔力を使う。言い換えると夜にしか使えない。昼の人間の時間帯には使用できないのだ。

「兎は私たちにゲームの強要をしています。ルールを押しつけています」

藍の言葉に過敏に反応する人間はいなかった。たぶん、福永が同じことを言えば、誰かが反発しただろう。しかし、藍の口調や仕草はそんな異物が入る隙がなかった。か弱い声のトーンに悲しげに視線を落とす表情。悲嘆に暮れるヒロインを演じていた。

「登場人物は村人と魔物です。そして、両者に勝利条件が存在します」

「勝利条件って？」

恵美が聞いた。歪曲だが彼女も現実を受け入れ始めている。

「村人の勝利条件は魔物を倒すことです。たぶん、あの斬魔刀を使って、です。一方、魔物の勝利条件は、その逆になります」

「村人たちを全滅させること？」

微妙に議論の場所がずれており、それ故に皆は受け入れ始めていた。

「全滅ではありません。魔物と村人が一対一になったら終わりと明言しています。つまり、村人のほうが多い状況で魔物を倒さねばならないと」

　そして村人の攻撃時間は夜だ。魔物の時間帯である夜にしか攻撃できないのだ。斬魔刀を持って個室で待つという消極的な戦略。

　藍が沈黙し、しばらく時間だけが流れた。誰も次の言葉を口に出さない。ここまでが、仮定の話の限界だった。

「……現実の話をしましょうよ。やっぱり、いつまでも目を背けているわけにはいかない」

　福永は口を開いた。時間は限られている。いつまでも仮想の議論をしている場合じゃない。現実から逃避してはならなかった。

「俺らにとってつらい話だけど、この議論は避けては通れない。どんなに否定したい出来事であっても、現実に人間が死んでいる。それに気づかないふりをし続けるわけにはいかない。そうなれば時間だけがなくなる。——だから議論をしよう」

「俺も福永の言うとおりだと思う」

　メガネに指を添えながら松浦が同意した。

「僕も感情的にならずに、前向きに議論するべきだと思います」

　小泉も追従する。賛同者が現れ、福永の意見は受け入れられた。いや、否定されなかっただけ、と言ったほうがしっくりとくるだろうか。

「俺たちはそのゲームを強要されている。だから対策を立てなきゃいけない。夜をやり過ごすための戦略を考えるべきだと思う」

生き残るための戦略が必要だった。どのように死んだかわからないが、狭い個室の中で殺されるのはまっぴらだった。

「問題は、誰が携帯を持つかだよなあ」

福永の意見を受け継いだのは松浦だった。その意見は一気に本質をついた。確かに、確実にやってくる夜の時間、誰が斬魔刀を持つのだ？

八人は複雑な表情で視線を交わした。福永は嫌な予感がした。この議論は、時間をすり減らす種類のものだと思った。こうして議論できる昼の時間帯は、すでに三分の一程度しか残っていない。

「……私は拒否します。偶然とはいえ、昨日……設定としての昨晩は私が持っていました。ですから、私はもう権利がないと思うんです」

藍の意見だった。

「それは関係ないよ。一番年下なんだから、そんな気を遣わないで。だったら、私だって拒否する」

ハンカチを口に当てながら亜実が首を振った。

「俺だって、たったひとつのそれを持つ気はねえよ」と、司馬。

そんな言葉に追従するように、次々に拒否の意見が出る。それは一見美しい光景だったが、福永の目には上っ面のセレモニーのように映った。全ての人間は本音を隠し言葉を飾っている。

「時間がないから言います。斬魔刀を誰が持つかは重要じゃないんです。倫理的とか利他的とかそんな話じゃないです。本当に重要なのは、この中に……」

福永は言葉を止めた。場に混沌を運ぶ言葉を口に出すことをためらった。ここで、再び混乱したら、確実に時間はなくなる。

「……この中に魔物がいます」

小さな声で言ったのは藍だった。

「全員が村人の配役を与えられたのではありません。村人の皮を被った魔物が潜んでおり、この議論に参加をしています。そんな設定です」

藍の口調は外にいるかのようだった。部外者のように淡々と事実だけを述べている。

「私はそうは思えないの。だって、友達同士だよ」

恵美が悲しげに瞳を伏せる。そんな恵美の表情を見た青沼も、

「僕もそう思う。絶対にあり得ないよ」と、追従した。

やはり、福永が危惧《きぐ》したとおり、議論は大きく逸れていく。しかし、そんな議論を元のルートに戻したのも藍だった。

「こう考えたらどうでしょうか。部長さんをああしたのは、もちろんこの中にいるはずはありません。ただ扉を開けたんです。それも、外部の何者かによって脅されたからです。例えば指定した行動を取らねば全員殺す、と。ですから、魔物の配役を与えられた誰かは、仕方なくそんな行動をしているんです。だとしたら、私は魔物を責められやしないと思うんです」

藍の意見に、場の空気が少しだけ変化した。

「藍ちゃんの言うとおりだと思う。その可能性はありだよ」

小泉が声のトーンを上げた。

「じゃあさ、黙ってることないのに。脅されてるんなら……」

恵美の言葉を遮るように、さらに小泉が続ける。

「例えば、その魔物役は、魔物だとばれた時点で終わりだと宣告されているかもしれませんよ。自ら魔物だと名乗りを上げたりすれば、自分の命だけではなくこの密室の全員の命を奪うなど脅されている可能性もあります。だとしたら、名乗り出ることはないはず」

「確かにそうだな。セッティングした側からいくと、魔物役が名乗り出たら、それで終わるからな。なんらかのペナルティがあることも考えられるよな」

福永はつぶやきつつも考えた。

――いつからだ？

魔物役がこの中にいることは確かだろう。藍は仮の話としているが、その魔物役に脅しを交えて指示を出している存在もいる可能性が高い。だとしたら、その指示はいつから出している？

福永が頭に浮かんだのは大学生活のシーンだった。あの日常生活から指示を受けているはずはない。平穏なキャンパスライフに魔物が入り込む余地はあり得ない。では、この密室に入ってからか……。

「私たちはみんな、悪意ある遊戯に巻き込まれているのです。村人と魔物の配役を与えられ、強制的に演じなければなりません」

藍は時計に視線を向ける。三回目の夜が迫っている。

「どうすれば、これは終わるの？」

座り込んでいる恵美は視線を上げずに聞いた。

「村人か魔物か、どちらかの勝利条件を満たすまで、でしょう」

藍が答えた。魔物の勝利条件とは、村人を全滅させることだ。魔物を含めて残り二人になった時点で終わるのだ。村人は魔物より多い人数を保たねばならない。

一方村人は魔物を殺すことだ。その方法は斬魔刀という武器を使う。月の光を浴びないと効果を発揮しない刀は夜しか使えない。家に魔物を誘い込んで一刀両断するのだ。

「なあ、とりあえず決めるべきことを決めちゃおうぜ。誰が刀を持つかとかさあ」

松浦が手に持った携帯電話を見せながら言った。斬魔刀は八人の関心を集めつつも、誰もが視線を向けていない妙な雰囲気があった。斬魔刀を誰が持つか。それは目を逸らすことのできない問題だった。

「まてよ、また指示されるままやるっていうのかよ。まだ決まってねえぞ」

壁により掛かった司馬が言う。

「でも、それ以外に選択肢がないような。指示どおりに個室に入らないと、それはそれで運命は決まっていて……」

小泉の表情は異様にやつれている。ラビットの指示を無視してここに留まれば、秋山と川田のようになる。

「……私、ここに残ってもいい。もう嫌だもん。個室に逃げ込んでも震えていなきゃいけなくて、だったらここに残る。そうしたら、みんなが入っている個室はこじ開けられないんでしょ」

　すすり泣きのような声を出したのは亜実だった。

「亜実……」

　福永はぼんやりと亜実を見た。こんなとき、亜実にどういった言葉をかければいいのかわからない。思えば、彼女と深い会話をしたことがなかったかもしれない。喧嘩らしい喧嘩もしたことはなかったのだ。

「それは駄目です」

　福永に代わり、亜実に声をかけたのは藍だった。

「亜実さんの言うことはわかります。自分が犠牲になれば、その夜は他の人が助かります。でも、それは違います。残った人間は何も解決しないんです。魔物との対決を先延ばしにして村人を減らす行動は、村人たちの首を絞めることになります。ですから、そんなこと言わないでください。亜実さんにとっても、他の人にとってもよくないことです」

　家の外に村人がいた場合、秋山と川田のように、その村人だけが魔物に襲われる。家の中にいた村人は助かるのだ。要するに、生贄《いけにえ》を差しだせば他は助かる。しかし、それは意味のない行動だった。魔物を倒さない限り夜は続くのだから。

「行動するか否かは置いておく。そして、夜が来たときのために、一応どう動くか話し合おう。それから、残った時間でその他の議論をする」

福永は口を挟んだ。これ以上議論を停滞させると夜に突入してしまう。

「誰が持つ？　持ってればとりあえず安全だ」

松浦が八人の輪の中央付近に携帯電話を置いた。皆は視線を向けつつ沈黙した。たったひとつだけの身を守る盾。

「誰が持つか……。俺はいいよ」

司馬が携帯電話から目を逸らした。

「駄目です」

藍が司馬の態度に異を唱えた。

「これは身を守る盾ではありません。魔物を攻撃できる唯一の刀なんです。持っている人が安全だという考えは消極的すぎます。私たちはこれで、いかに魔物を倒すか、を考えねばなりません。ですから、譲り合わずに真剣に議論すべきです」

「藍の言うとおり、一番重要なのは、いかにして魔物を斬るか。要するに、いかにして斬魔刀を持った部屋に魔物を誘い込むか。それが最重要だと思う」

福永は携帯電話を見つめながら言った。どうすれば、斬魔刀を持った村人の家に、魔物を誘い込むことができるか。それが問題なのだ。

「……確率だよな。八人いるから、魔物が一人として、単純に七分の一じゃねえか？意外に低いぞ」

松浦が顔をしかめている。

「一番避けたいのは、魔物に斬魔刀を持たせてしまうことです。その場合、魔物はノーリスクで村人を襲えます」

藍の言うように、斬魔刀を誰が持つかは慎重に議論せねばならない。皆が牽制《けんせい》し合っているうちに、自然に魔物の手の中にすっぽりと入ってしまう可能性もある。

「誰が持っているか魔物に知られないようにしたほうがいいのかな。みんなで話し合って……」

亜実と寄り添っていた恵美が視線を上げた。

「ただ、まずいのは、この中に魔物がいるという設定です。だとしたら話し合いは筒抜けです。誰が持ったかは知られることになります。魔物も議論に参加をしているのですから」

藍は周囲に視線を投げた。

「藍の言うとおりだ。議論をする前提として、魔物と一緒に解決策を練るってことを考えておかなきゃいけない」

福永は唇を噛んだ。それでも、話し合うしかないのだ。しかし、またも議論はねじ曲げられる。

「そう言ってるおまえらが魔物の可能性もあるよな。話し合いを悪いほうへと導いてる」

司馬の言動に福永は沈黙した。それを言われたら、議論すらも成立しない。密室の八人は沈黙したまま夜を迎えることになる。

「司馬さん、暴論すぎやしませんか。そんな言動は自分にも返ってきますよ」

福永は司馬に視線を返した。

「俺は魔物なんかじゃねえよ」

「当然、俺だってそのセリフを言う権利がありますよね」

「……ですから、理性で議論する必要があります」

藍は冷静に言った。

「たとえ誰が魔物でも、魔物が議論に入っていても問題ない話し合いをすればいいんです。感情などの異物が入る余地のない、完全な理屈だけの議論をします」

「どういうこと、藍ちゃん？」

聞いた恵美は、隣に座る亜実の手をぎゅっと握っている。

「このルールの中での最善の行動を確立します。魔物に対抗する手段としてです。それは数学の解答のように導きだせるものです」

「魔物に対抗する手段って、刀を誰が持つか、だよな」

松浦が床の携帯電話を見た。運命を左右する村人たちの希望の武器だ。

「いえ、重要なのは誰が持つかではありません。誰が斬魔刀を持って、どの順番で個室に入るか、です」

藍の言葉に、周囲が首を傾げた。

「思いだしてください。昨日の夜、つまり設定としての二回目の夜です。私たちは、兎に促されるまま個室に向かってしまいました。特に順番などは気にも留めなかったはずです。しかし、そんな行為は魔物にとって有利に働くことになりました」

周囲のメンバーは藍の言っている意味がわかっていない。順番の重要性に気づいているのは、福永と小泉ぐらいかもしれない。

「昨日の夜は、偶然私が斬魔刀を持っていました。もしも提示されたルールが真実なら、私の部屋に魔物が入った時点で魔物は死んで終わっていました。しかし、私の部屋には魔物は来ませんでした。魔物は私がどの部屋に入っていたか、目星が付いていた可能性があります」

「藍ちゃんは、何番目ぐらいに入ったんだっけ？」

小泉が聞いた。

「私は……最後のほうです」

昨日の夜、個室に入ったのは福永が一番最後だ。そして、藍は福永の二つ前。九人中七番目だった。

「要するに、昨日の夜の場合、魔物の立場からすると、自分の前に入っていた人を狙《ねら》えば、安全だってことだね」

小泉が顎に指を添えて考え込んでいる。自分の前に入った人の場所はわかるのだ。すでに扉が閉まっている個室の場所を憶えておけばいい。例えば魔物が三番目に個室に向かった場合、狙うべきは前の二人だ。すでに個室に入った人間が斬魔刀を持っている可能性はないのだから。

「どの辺に斬魔刀を置くべきだ？　最後も最初もまずいよな」

福永も頭の中でシミュレーションをした。斬魔刀を持った人間が最初に個室に向かうのもよくない。魔物は自分の後ろに入った人間を狙えば安全となる。すでに閉まっている個室のドアの位置を憶えておき、それ以外を狙う戦略となる。

「真ん中あたりがいいとは思いますが、魔物の順番も関係するので、どこが一番いいという必勝法はありませんよね。魔物の位置ありきとなりますから」

「ただ、魔物がどう狙うかを開示することで、プレッシャーをかけることもできる。あからさまに安全策を取ってきたら、ある程度魔物の予測が立てられ……」

「やめてよ！」

恵美が福永の言葉を遮った。

「福永君や藍ちゃんは、ゲームのように話しているけど、私はまだ魔物がサークルのメンバーの中にいるなんて信じてない。例えばの話をしようって始めたけど、福永君と藍ちゃんの議論は、現実的なものにすり替わっている」

そんな恵美の意見に、司馬や青沼ら三年も同調する。その結果、密室の中での魔女狩りが行われることはなかった。誰もが互いに信じている、といったスタンスを保っている。

福永は時計を見た。昼の時間は失われ続けている。信頼や恐怖、疑念や戦略など、様々な消化不良の要素を周囲に漂わせたまま時が進む。問題なのは八人の方向が定まっていないということだ。冷たい戦略に身を委ねるのではなく、かといって危険を冒して仲間を信頼するとまでの覚悟はない。中途半端なまま夜を迎えてしまう。

福永がぼんやりと立ちつくす横で、議論は大きくアウトカーブをしていた。お互いの精神状態を気遣い声を掛け合い、絶望から目を逸らすだけの時間が続いている。

悪意は密室の外にある。そんな思考が場を占めていた。恵美たちはこの残酷な状況の認知を拒否することにより自己を守っている。

端から見れば、福永のほうが異常なのかもしれない。この特異状況で仲間の中に裏切り者がいることを受け入れた。ふと思った。現実生活でもそうだったのかもしれないと。人間関係の感情の輪の中に浸ることなく、少しだけ離れた場所に立っていた。この密室で冷たいルールを見ているように、現実でも人間自身を見つめていなかった。ただ、友達や恋人というルールに準じていただけ……。

壁際に座り込んだ亜実や恵美を気遣う声がかけられている。セルロイド人形のように顔色を失った亜実を抱きしめてやりたい衝動に駆られたが、その行為は違うと思った。亜実のためにもやるべきことは現実を見つめることだ。この状況での馴《な》れ合いは現実からの逃避だ。

さらに胸の中に怒りがわき上がった。この状況での他人を気遣う行為はルール違反ではないか？　自分が魔物ではないというアピールをすることになる。自分はこんなにも仲間を気遣うことができるというパフォーマンス。貴重な時間をすり減らしての自己アピールなのだ。しかし、そんな行動で問題解決ができるはずがない。

福永は壁に寄り掛かるようにしてため息を吐いた。この自分の思考が凭れてしまった。明らかに彼らの行動は純粋であるはずだ。この状況で相手を気遣う行動は批判されることではない。たぶん、福永自身が問題なのだ。現実でも仲間の輪の中にいつつも、そんな冷めた目で見つめていたのではないか？　友達同士の馴れ合いを馬鹿にしていたのでは？　こんな状況で初めて自分自身の醜さに気づいてしまった。

「……福永」

壁にもたれかかる福永に声をかけたのは小泉だった。小泉は仲間を気遣う輪の中に入りつつこちらを見つめている。

「時間がないから、藍ちゃんとふたりで話し合ったほうがいい。ここは僕がフォローしておくから」

小泉は、福永と同じくぽつんと立っている藍に視線を向けた。

「そうだな。ぼんやりしている時間はないよな」

「この状況をなんとかしたい。でも、他の人の疲労もあるから」

「わかった。俺たちでどうすればいいか考えておく」

現実から目を逸らしているわけにはいかない。亜実のためにも、少しでも助かる糸口を見つけるべきだった。それでも福永は強烈な疲労を感じていた。ぐるぐると回り続けた思考は、吐きだされることなく福永の体内で変色し強烈に凭れていた。

小泉に促されるようにして、藍が福永に近づいてきた。ふたりは、他のメンバーの輪から外れるようにして寄り添う。そんなふたりに、亜実が冷めた視線を向けていた。

「……たぶん、このままだと個室に向かうことすら拒否するかもしれません。皆さんの心が弱ってますから」

うつむく藍がつぶやいた。

「そうかもな。それでも、個室に逃げる選択をした場合、今後のためになる行動を取っておいたほうがいい」

たとえ死ぬにしても、無駄に死ぬわけにはいかない。自分が死んだとしても、亜実だけでも助けられれば……。

「ただ、ルールの勝利条件を満たしても、助かるとは思えないんです」

藍は福永の前で弱気な面を見せた。目の前にいる彼女は、ぽきりと折れそうなか弱い高校生だった。

「やるしかないよ、藍。やらなかったら絶対に助からない」

「……そうですよね」

「これが藍が予想したように、悪意あるゲームだとしたら、条件を満たせば助かる可能性が高いと俺は思うんだ」

福永の言葉に、藍が顔を上げた。

「誰もが助かるとは思えないと考える。そんな絶望的な状況過ぎる。逆にゲームとしては成立していない。ペナルティだけのゲームはすぐに崩壊してしまう」

「賞《アメ》と罰《ムチ》のアメが欠けているということですね」

「そう。アメは生きて密室の外に出られること。そして、それはゲームプレイヤーたちに、明確に提示されなければならない。人間が恐怖と対峙《たいじ》したときの反応は二つ。闘争か逃避《ファイトオアフライト》。恐怖が大きすぎると、人間は戦わずに逃避する。密室の中で内にこもって逃避する」

「そのうちに、他の条件が提示されるかもしれませんね」

藍が大画面に視線を向けた。福永たちを誘導しているラビットは映っていない。

ふたりは、他のメンバーの輪から離れ、画面の前まで移動した。

「……昨日の順番を憶えてます？　この密室での設定の二日目の夜です」

藍が丸テーブルの上に置いてある鉛筆を手に取った。

「最初は司馬さんだったな」

福永は声のトーンを落としながら、ブロッククッキーを手に取る。使いたかったのはパッケージだ。

二日目夜・順番

1 司馬 ② 中村 3 青沼 4 松浦 5 恵美

6 小泉 7 藍★ 8 亜実 9 福永

最後に部屋に入った福永が言うとおりに、藍が箱の裏に名前を書いていった。昨日の夜に個室に入った順番はこうだったはずだ。

藍は斬魔刀を持った自分に星マークをつけた。そして、死んだ中村の番号を遠慮がちに丸で囲んだ。

福永と藍は紙を見つめたまま沈黙した。こうして見ると、この順番には重要な情報が詰め込まれているのがわかる。

紙を見つめる藍の表情は冷えていた。藍のこの冷静な行動も自己防衛の一種なのだろう。衝動や感情を思考によってコントロールする知性化という性格の鎧で自我を守っている。

「言い方が悪いですが、順当な結果ですね」

「魔物側のルールの細部までわからないから、どうとも言えないけどな……」

「ただ、魔物は斬魔刀の効果を知っていたことは確かでしょうね」

福永はちらりと藍の顔を見た。

「……はい、私もこの時点で予測はしてました」

藍は福永の視線を受けてうなずいた。

斬魔刀の効果のことだ。うやむやなままに藍の手に渡された斬魔刀の意味を、彼女は理解していた。そして、この順番にはある程度、藍の作為が込められている。

ラビットに促されなんとなく個室に向かった九人。福永の順番が後ろにあるのは、個室に向かうときに藍に話しかけられていたからだ。それ故に福永だけでなく亜実も個室に向かうタイミングが遅れた。藍は小泉にも話しかけており、藍の知り合いは全体的に後ろのほうになっている。

その理由は、藍は個人的感情から福永などを守ろうとしたに他ならない。ポイントは藍の持っている斬魔刀の存在。魔物の立場で考えた場合、脅威となるのは藍なのだ。斬魔刀を持った藍の個室を開けることだけは避けねばならない。

魔物は藍がどの部屋に入ったかは知る術《すべ》はないはずだ。少なくとも現状で与えられたルールの中ではわかり得ない。しかし、藍が入っていない個室は合理的に判断できる。

例えば藍の一つ前の小泉の視点で考えると、個室への通路に入ったとき、五つの閉まった扉を目にする。1から5までの人間が入っている個室を見ている。この閉まった個室には斬魔刀がないと判断できるのだ。

以上の事柄から、被害者が中村になったのは、個室に移動したのが前のほうだったという理由もあるだろう。先に個室に入るほど、あとから入る人間に情報を与えてしまう恐れが出てくる。この回は、確率的に前の順番のほうがリスクが高かった。

「私はそんな人間ですよ」

藍は冷めた表情で言った。

「そんなこと言うんなら、俺だってそうだよ」

「福永先輩は違います。私と似ているように見えて、全然違うんです」

「俺なんて、さらに日常生活でも怠惰に過ごす駄目人間だよ」

「じゃあ、引き分けってことで」

藍は一瞬だけ表情を緩めて見せた。

「……とにかく、刀をどこに置くかが問題だよな」

福永は藍と視線を絡ませたまま本題に話を戻した。

「こればっかりは、正解がありませんよね。いろんな条件がありすぎて、どうしたらいいかわかりません」

「俺たちの都合のいいように順番を決めるわけにはいかない。なにより、順番についてみんなが考えだすと、個室に向かう動きが止まる。順番によっての有利不利、そして、自身の魔物である疑いの変動……」

表記した二日目夜の順番を見て、誰が魔物かはわからないが、魔物である可能性は個々で微妙に変化している。個人的感情や直感などを抜き、数字だけで魔物である確率が高い順をつけると、三番目に入った青沼、四番目の松浦、と並べられ、九番目の福永は第七位、同率で司馬も七位と一番低い。

ただし、これは被害者が二番目の中村という結果があっての確率だ。つまり、被害者の中村を狙ったという前提でのものなのだ。魔物に特定の人間を狙うという条件がなければ、魔物である確率などの数値的にはほぼ横一線となる。

「あと、魔物についても議論しておかねばなりません」

藍は時計を横目で見ながら言った。

「そうだな。誰が魔物か、ってことは置いておき、魔物はどんな指示を受けているのか。いつ通じたのか……ん？」

福永は藍の視線に気づいて首を傾げた。

「いえ、魔物役をするなら、福永先輩が一番適役だと思いまして」

藍は真顔で言った。

「俺だと思う？」

「わかりません。私は思った以上に福永先輩のことを知りませんから。知っているのはコーヒーと犬と映画が好きで、緑茶とパソコンが苦手で、買ったノートパソコンの環境設定を私がやってあげた、ってことくらいです。亜実さんだったらわかるんじゃないですか？　だって、恋人同士ですから。お互いに言葉を交わさなくても心が見えるはずです。この密室の中で唯一信頼し合え、心が繋がっている関係です」

福永は集団の中にいる亜実を見た。壁際に座り込んでいる亜実は、小泉に声をかけられ小さくうなずいている。六人が互いに声を掛け合い精神状態を維持している風景があった。そんなシーンを見て、福永は寒気がした。いつの間にか集団の中から外れていた。福永と藍は、人間的な感情を交換する場から離れている。それは村から追放された男女のようだった。

「もう時間がありません。でも、個室に逃げ込む選択ができるかどうか……」

藍も六人を見つめながら言った。

刻一刻と日が沈んでいく。村に夜が訪れる。村人たちは自分たちの運命を呪《のろ》いながら、家の外で夜を迎えてしまう。

「誰かが個室に行けば、なし崩し的に全員行くことになる。まだ伝えられていない情報があるはずだ。それまで死ぬわけにはいかない」

時間を稼ぐには村人の死が必要だ。魔物に生贄を捧《ささ》げて、その間に解決方法を模索するという残酷な行為だった。

「でも、私たちが先に個室に行ったとして……」

藍の思考はすでに自己防衛に向いている。もしも、斬魔刀を持った人間が最後のほうに個室に入った場合、魔物に狙われる危険度が高くなるのは、早く個室に向かった人間となる。それはこのゲームの確固たる法則だ。なにより、魔物に自分の逃げ込んだ部屋を晒《さら》してはならない。

「とりあえず、みんなに話そう。個室に入ることを促して、斬魔刀はできるだけ魔物にわかりにくい場所に置く必要もある」

「わかりにくい場所に置く、でいいんですか？」

「……あまり詳しく言えないよ。さらに混乱するから。個室に向かう流れで、なんとなく斬魔刀の順番の助言をする程度しか無理だと思う」

六人の元に戻ろうとした福永は足を止めた。こちらを見つめる視線がなんだか妙に感じられたのだ。それは、疲労した仲間を放って密談をしていたふたりに対する非難が込められているように見えた。

「行きましょう。時間がないですよ」

藍は福永の腰を軽く叩いてから、集団の中に戻っていく。平然とした藍の表情には微塵《みじん》も後ろめたさが含まれていなかった。

「……大丈夫か、亜実」

福永は亜実に近づき声をかけた。

「うん」

真っ青な表情の亜実は、すっと福永から視線を外してうなずいた。

八人の中に沈黙が流れた。気まずい雰囲気だった。

「……そろそろ本題について話し合いましょう。どうするにしても、やっぱり話し合ったほうがいいですから」

そう言ったのは小泉だった。

「携帯電話——刀を誰が持つかは決めておきましょう。考えたんですけど、投票がいいと思います。時間もかからないし、皆さんの意見も反映できるので」

藍は四角くちぎったブロッククッキーの箱の紙を皆に配った。

「誰が持つのがいいか名前を書いてください。私が取りまとめていいでしょうか」

藍は周囲に考える暇を与えずに進行していく。紙を渡された亜実や恵美は、困惑した顔をしつつも藍に促されるまま鉛筆で名前を記入した。

福永はしばらく考え、紙に亜実の名を書いてから藍に渡した。斬魔刀を持つことになるのは、亜実か恵美となるのではないだろうか。

自分を含めて八枚の紙を手にした藍は、一枚ずつ名前を確認していった。

「……最多は恵美さんです」

最多得票を集め、斬魔刀を持つ権利を得たのは恵美ということになった。

「私、困る……」

恵美は長い髪を揺らしながら首を振った。

「恵美さん、皆さんの意見ですから。誰かが持たなきゃいけません」

藍は恵美の手に携帯電話を握らせた。そんな行動に批判的な意見が出ることはなかった。この夜の斬魔刀の持ち主はスムーズに決定づけられた。

しかし、まだ重要な課題が残されている。恵美はどの順番で個室に向かうべきか。それによって、他の人間の危険度が変わってしまう。デリケートすぎるこの問題がずしりと横たわっていた。

この事実に藍と福永以外は、どこまで気づいているだろうか？　先ほどこの中でそれについての議論が始まりかけたが、恵美に遮られるように終わってしまっていた。戦略的な思考から皆は目を逸らしている。

気づいていた場合は、個室への移動が混乱する可能性がある。いや、それ以前にその事実を晒すべきかという問題もある。混乱の種を植える覚悟で正直に話すべきか……。

「個室に移動する順番ですが……」

「まだ、それに乗るとは言ってねえぞ」

藍の言葉を遮ったのは司馬だった。

「では、また投票でやりますか？」

藍がちぎった紙を見せた。

「投票とかの問題じゃねえよ」

『投票……いいんじゃないですか？』

声の方向を向くと、そこにはあのラビットがいた。画面の端でじっと八人を見つめていた。

『そろそろ夜になります。未だに魔物はこの村に潜んでいます。人の皮をかぶり、村人になりすましているのです』

八人とも立ちあがり、ラビットを見つめている。

『夜になってここに留まっていたら魔物に食べられてしまいます。ですから、家の中に立てこもる必要があります』

ラビットは淡々と説明を続けている。

『でも、家にただ閉じこもるのも難しいところですよね。どこの家に誰が閉じこもっているかと魔物に知られるとまずいことになります。そうなると、皆さんもなかなか最初に家に入りにくいですよね……』

ラビットは何を言っているのだ？

『私、魔物を倒すためのお手伝いをするにはどうしたらいいかと考えてました。そして、急いで村に走ってきたのです』

ラビットの声が徐々に小さくなったため、八人は引き寄せられるように画面に近づいていた。

『どうぞ、目の前の椅子に座ってください。皆さんが座ったら説明を始めます』

ラビットがいきなり声量を戻した。

「椅子？　このことか？」

福永は、画面の前にUの字形に並んだ十一脚の椅子を見た。八人が顔を見合わす中、ラビットは沈黙している。

「座ります？」

藍が椅子の背もたれに手を置きながら聞いた。

「でも……」

困惑しているのは恵美だ。ラビットの意見を聞き入れることに難色を示している。

「でも、座らないと続きを喋らないような。とにかく聞くだけでも聞いたほうがいいんじゃないですか？」

小泉の意見は受け入れだった。

「座るだけ座ります？　時間もないですから」

藍はちらりと時計を見てから椅子に腰掛けた。椅子は一本のポールで床に固定されているが、向きだけは変えられるようだ。藍は椅子を動かして大画面に視線を向けた。続いて福永は藍の隣の椅子に座る。小泉や亜実、松浦も続いた。恵美はしばらく戸惑っていたが、小泉が座るのを見て仕方なさそうに座った。恵美が座ったことで、司馬と青沼も椅子に座った。

『皆さん座りましたね。それでは、まずベルトを腰に装着してください』

椅子には腰に回す安全ベルトらしきものがあった。

『左の肘掛けを見てください。肘掛けの先が握れるようになっています。ベルト装着後にそれを握ってください』

福永が肘掛けを見ると、ちょうど手の位置が出っ張っておりつかめるようになっていた。

『大したシステムではありませんが、取っ手がセンサーになっているのです。ベルトと取っ手のセンサーで、座ったことを確認できるという訳です。皆さんが椅子に座らなければ話が進みませんよ』

ラビットは再び沈黙をした。皆は複雑な顔をしていたがラビットの言葉に従った。削られていく時間も追従の一因だった。

福永はベルトを装着し左の取っ手を握った。他のメンバーも同じくラビットの言動に従う。

『八人全員が椅子に座りました……』

そのとき悲鳴が上がった。福永もはっと息を呑んで硬直する。隣の藍は右手でベルトを外そうと足掻《あが》いている。しかし、椅子から離れることはできなかった。突如肘掛け側面から飛びだした金属リングにより、左手首が肘掛けに固定されてしまったのだ。

「ベルトも取れません……」

椅子のベルトに抵抗していた藍が福永に向いた。

「落ち着いて。とにかく静かに」

福永は周囲に言いながら自分の左手首を見た。肘掛けの下部から振りだされた半円状のリングが手首を固定している。腰と左手首が椅子に固定されてしまった。死刑囚を拘束するようなシステムだった。

『ここは村の井戸なのです』

八人の視線が集中する中、ラビットが言った。

「とにかく、聞こう」

拘束具は外れそうになかったので、福永は諦め椅子に座り直す。

『疑心暗鬼になった村人たちは、八人で村の大井戸に入ったのです。そして、一人ずつ外に出て家に立てこもろうということになりました。誰がどこの家に立てこもったか、できるだけわからないようにしようとのことだったのです。ですから、この場所は村の外れにある井戸の中、です』

八人は真っ暗な井戸の中にいる。そんなイメージだった。

『この井戸から出るのは簡単です。縄ばしごがかかっていますからね。ですから、左腕のロックは井戸の底にいるということを表現しているのです』

隣の藍は、画面のラビットを睨みつけながらも椅子に座り直す。福永の正面に座っている亜実は、椅子に座ったままガタガタと震えていた。

『元々この辺りの土地は石灰岩が多く含まれており、洞窟なども多いのです。この井戸も雨などで石灰岩が浸食され、空いた穴を利用しているようです。そして不思議なことに、この井戸は夜になると水が満ちるのです』

いつの間にかラビットのペースに巻き込まれていた。悪意ある存在のラビットの言葉をひと言たりとも聞き逃さないとする雰囲気ができている。

『村人たちは余計な争いを防ぐためにこんな方法を取りました。まず多数決で誰が最初に村に戻るかを決めたのです。選ばれたそれ以外の村人は両手を縛りました。パニックを起こして村人同士が傷つけ合うことを防ごうとの処置でした』

ラビットの話はこうだった。選ばれた最初の一人は、次の一人を選んでその村人の手の縄をほどく。そして、自分は縄ばしごで井戸の外へと出る。縄をほどかれた次の一人は、最初の一人が家に立てこもるのを見計らって、次の一人の手の縄をほどく。それを最後まで繰り返すのだ。

『最初の多数決は右手の肘掛けのテンキーで行います。制限時間内にボタンを押した村人の得票を、一番多く集めた村人のロックが外れることになります』

画面に椅子の位置と割り振られた数字の絵が表示された。福永の椅子の番号は4だった。隣の藍は3、亜実は8だ。得票が引き分けの場合、やり直しとなるようだ。椅子の番号を入力してから決定ボタンを押すという簡単なシステムだった。

『手錠のロック解除ボタンは、椅子の背もたれの裏にあります。投票によりロックが外れた方は、次の人を選び、そのボタンを押してください』

背もたれの裏にあるボタン？　福永は空いている右手を後ろに伸ばしたが、ボタンを探ることは不可能だった。この状態では自分自身でボタンを押すことはできない。

福永は椅子に縛りつけられながら疑問を感じた。単純な順番決めだけのために、井戸の底に入るシチュエーションが必要なのだろうか？　村人たちはなんのために井戸の底に入った？

　福永の胸に嫌な予感が広がった。もしかしたら、村人たちは順序決め以外の理由で、自ら井戸の底に入った可能性がある。そして、別の理由とは……。

「落ち着いてください恵美さん。すぐにロックは外しますから。そうしたらちゃんと個室に向かってください」

　藍は正面に座る恵美に声をかけていた。パニック寸前の恵美のフォローをしているようだった。

「ええ、大丈夫だから、ありがとう……」

　恵美は消え入りそうな声でうなずいた。

「あと、斬魔刀のことですけど、昨日私が持ったとき……」

　藍はそこまで言って口をつぐんだ。

「え？　どういうこと？」

　恵美が心配げな表情を藍に向ける。

『それではもうすぐ夜になりますので、投票に移りましょうか？　夜になったら井戸の水が満ちてしまいます。それまでに井戸を出ないと溺《おぼ》れ死んでしまいますから』

　ラビットが話を再開したので恵美は口をつぐんだ。

福永は溺れ死ぬという言葉にぞっとした。しかし、すぐに考え直す。どちらにしろ家に立てこもらねば死んでしまうのだ。

同時に別の考えが浮かぶ。単純に村の外に出ている場合とは死の種類が違う。魔物に食われての死亡と――溺死《できし》。手を縛られた状態で、井戸の中で溺れ死ぬ。何故、このシステムを作った側は、二種類の死を用意したのだ？

『それでは投票をいたします。最多得票の方のロックが外れます。それでは、どうぞ――』

なし崩し的に投票が行われた。良くも悪くもラビットは混乱に陥った人間たちのガイドをしっかりとこなしていた。

『――最多得票は9番です』

カチリと恵美のロックが外れた。恵美は腰のベルトを外してから、戸惑った表情で椅子から立ちあがる。

「落ち着いて行動してください。ここは指示どおりに行動するしかありません」

藍が椅子に座ったまま恵美に声をかける。

『それでは、9番の方は、次に出る人間を指定してから個室に移動することになります。次の方の背もたれのボタンを押して、ロック解除権利を与えてください』

恵美は自然に藍に近づき、そのまま背もたれのボタンを押した。カチンと藍の左手のロックが外れた。

「私、どうしたらいいかな」

恵美は藍に助言を求めている。

「とにかく、もう個室に入るしかありません。それに、恵美さんは大丈夫ですから、冷静な行動をしてください……」

藍は立ちあがると、恵美に耳打ちをするように囁いている。

福永はそんなふたりを横目に違和感を持った。投票のことだった。福永はなんとなく自然に恵美のナンバーを押してしまっていた。それは何故だろうか。最初に移動するのが恵美のためになる、という事実はない。斬魔刀を所持している恵美の移動のタイミングは、いつでもいいのだ。そして、その恵美の順番が最重要となる。しかし、福永は特に考えることなく恵美を選んでしまった。それは、投票寸前の藍の言葉がきっかけなのではないだろうか。

――落ち着いてください恵美さん。すぐにロックは外しますから。そうしたらちゃんと個室に向かってください。

藍が恵美を気遣いさらっと言った言葉。その言葉によって、なんとなく椅子に縛り付けられている状況自体が危険なことであると錯覚してしまった。メンバーたちの頭の片隅に、恵美のロックを外すことが当然であるような心理が混じったのだ。

そして最も重要なのは、藍は恵美に自分を選ばせたことだ。直前までの恵美との自然な会話に斬魔刀などもったいぶった要素を交えた。恵美は藍と続きの会話をするかのごとく、自然に藍のロックを外した。

藍は冷酷に一番安全な順番を手に入れた。

理由はこうだ。魔物が藍のあとに入るとしたら、魔物は藍を含む閉まった扉をいくつか見ることになる。そしてその閉まった扉には斬魔刀を持った恵美が含まれているのだ。そこで魔物は考える。その閉まった扉を憶えておき、夜になって襲うときにそれ以外の扉を開けよう。そうすればリスクなく村人を襲える、と。

福永は視線を落としながらも周囲を窺った。そんな藍の行動に違和感を持った人間はいない。次々と精神をすり減らす出来事の中で、生き残りの戦略には思考を回していない。そもそもこの出来事をゲームとして捉えていないのだ。悪意の渦中にいる、と、そんな見方をしている。

これは藍の思考力というより、着眼点の鋭さだった。藍は他の人間よりも一歩早く、この出来事を戦略的に見つめた。この状況は多義図形のルビンの盃《さかずき》のように、別の見方もあると察知したのだ。個室に向かう順番が、生き残りを左右すると分析し、そして、自分にとっての最善の行動を自然に演じている。

福永は藍の利己的な行動に不信感を持った。彼女の行動は機械的すぎる。生存行動というプログラミングをされた機械のような動き。

一方、藍と恵美はしばらくふたりで会話を続けていた。怯える恵美を慰める藍という構図だった。

斬魔刀を持った恵美が、まず個室に向かうことになる。続いて藍だ。藍が個室に向かうとき、ひとつだけ閉まった扉を見ることになるだろう。それは恵美が入っている部屋の扉だ。

福永はこう思った。もしも藍が魔物だとしたら、この時点で魔物の勝利となる。何故なら、魔物にとっての脅威は斬魔刀だけなのだ。斬魔刀がどこにあるかわかれば、危険はまったくなくなる。

『井戸を使った場合の移動方法は昨日と同じです。通路に入れるのは一人ずつとなります』

ラビットが画面にこの密室の見取り図を表示させている。

「……昨日と違う部屋に入ったほうがいいと思います。心理的にも、最初に入った部屋と同じ部屋に入りたくなりますけど、パターンを作ってしまうのはよくありません」

藍は恵美に説明しながら扉へと誘導している。

「恵美さんが行かないと、他の人がまずいことになるので」

恵美は心配げに他のメンバーと視線を交わしたあと、扉をくぐっていった。井戸から出た恵美は、どこかの家に向かい立てこもることになる。斬魔刀を持って魔物が忍び込むのを待つのだ。

これをゲームと考えるなら、斬魔刀を持った村人は最初に行かせては駄目なのだ。最初の順番は、投票で一番魔物の疑いが大きい村人に行かせるべきだった。いや、それも危険だろうか？　もしも魔物が一番先に井戸から出た場合、縄ばしごを落としてしまう可能性はないか？　ただ、背景説明を信じるなら、魔物は人間を食べるために行動をしている。溺死をさせては食べることができないはずだ……。

「福永先輩」

はっと顔を上げると、隣に藍が立っていた。

「とりあえず、兎に従いましょう。このまま議論をしていると、みんなまずいことになりますから」

カチンと左手首のロックが外れた。藍は福永に話しかけながら、自然に次の順番を指定した。この順番は確率的には藍の次に安全だ。

「そうだな。そのほうがいいよな」

福永は立ちあがって藍に合わせた。とにかく個室に向かうしかなかった。でなければ、椅子に固定されているメンバーが死んでしまう。この場合、福永が残りのメンバーを間接的に殺したことになる。それだけは避けたい。

こうして強引なまでにゲームは続行された。

福永は怯える藍を支えながら扉へと誘導する。藍は怯える演技をしているようだった。他の人間に対するアピールだった。冷酷な計算を悟らせないための演技。

「……こうするしかなくて」

扉をくぐる寸前の藍は小さくつぶやいた。

「わかってる。考えなくていい」

福永は藍の頭を軽く撫でてからため息を吐いた。余計なことを考える時間はなかった。個室への移動を続けなければ確実に死者が出る。

藍は気まずそうに福永と視線を絡めたあと扉を閉めた。

『扉にロックがかかります。次の村人を選択してください』

ラビットは淡々とガイドを続けている。椅子に座っている残りは五人だった。五人は真っ青な表情で固まっている。体を拘束されている現実に、思考力が麻痺《まひ》しているようだった。

「……亜実」

福永は震えている亜実に近づくと、手を握ってやった。そんなふたりから、他の四人は微妙に視線を逸らしている。カチンと音がして亜実の左手首が自由になった。腹の上の安全ベルトも外してやる。

「俺が次に行かなくちゃ。亜実もその次に入るんだ」

福永は亜実を抱きしめた。彼女の体はこんなにも華奢だっただろうか？

「そうしなきゃいけないの？」

「そうだ。もうやるしかない。個室に逃げるんだ。俺が個室に入ったら、誰かのロックを外してから亜実も個室に向かう」

「福永、早く……」

抱き合っていたふたりに言ったのは小泉だった。小泉が椅子に固まるように座ったままだらだらと汗をかいている。夜になって井戸に入っている人間は――溺れる。

福永は亜実の手を握りながら扉へと近づいた。個室に逃げる行動を批判する意見は全く出ない。恐怖に押されるように皆は行動していた。

「祐樹、私……」

扉に手をかけた福永に、亜実が擦れた声を絞りだした。

「……私、死にたくない」

福永は、震える亜実になんと声をかけていいかわからなかった。

「行かなきゃ、だから亜実も……」

福永は扉を開けて通路へと入った。

「亜実、俺が行っても冷静に行動するんだ。わかったな」

「……うん」

亜実は福永の目を見ることなく小さく返事をした。

密室の夜の訪れは迫っている。福永の目に映る亜実はかすんで見えた。彼女の姿には死が重なって存在している。生と死の間で不安定に揺れているのだ。しかし、それは福永も同じだった。この密室では、明日の朝こうしてふたりが見つめ合えるとは限らない。

いや、これは日常でもそうだったのではないか？　次の日も純粋に抱き合える確約は存在しない。しかし、そんな不安定な事実を直視することはなかった。福永は、亜実がずっと変わらぬ感情と視線を向けてくれるはずだと思い込んで、日常をただ漠然と過ごしていた。そして、皮肉にもこの密室で亜実との関係の真実に気づくこととなった。

この何もない空間は残酷な真実を露出させている。人間の生と死、不安定な関係と感情——そして世界の不条理なルール。

この密室はなんなのだ？　自分たちを監禁し、その中に魔物を忍ばせた。さらには太陽をも作り、その太陽はもうすぐ水平線に沈む。夜が来て朝になるのも厳格なルールであり、朝の到来により死者が出るのもこの密室のルールだった。

扉の向こうでは、亜実が弱々しく立ちつくしている。福永は扉に手をかけたまま彼女と視線を合わせた。このまま扉を閉めたとして、次の日に亜実と再会できるのか。井戸から出たとしても安全の確約はない。扉を閉めた瞬間に次が始まる。夜に魔物がどの個室の扉を開けるかとの死のルーレットが始まり、村人たちは怯えながら朝を待つことになる。たとえ夜を生き残ったとしても、またその次がある。

太陽が昇り水平線に沈み、また昇るように、ゲームは続く……。

福永は扉のノブを握りながらも、亜実を抱きしめてやりたい衝動に駆られた。この扉を閉めずに日没まで強く抱きしめてやりたい。たとえ禁忌を犯して死ぬとしても、怯える彼女の震えを止めてやるのが恋人としてのルールではないだろうか。いや、そうするべきだ――。

「祐樹……行って」

亜実はうつむき声を絞りだした。

福永は、目の前でうつむく恋人すら助けてやれない自分の間抜けさを呪った。

乱れる思考をよそに、太陽は海に沈み始めている。これ以上、密室の時間をすり減らすことはできない。不条理なルールに準じるしか方法はなかった。

八人の村人の中に人間の皮を被った魔物が潜んでいる。そして今夜も魔物は、家に立てこもる村人を襲い食い殺すはずだ。犠牲者は誰になる？　それとも、魔物が斬魔刀によって斬り殺されるのか。魔物が死んだとして、この密室からの生還は成るのか。

そして、自分たちは何故こんなことをしているのか……。

福永は扉を閉めた。

全ての疑問も恐れも井戸の中に沈め――扉は閉ざされた。

土橋真二郎　著作リスト

殺戮ゲームの館〈上〉（メディアワークス文庫）
殺戮ゲームの館〈下〉（同）

扉の外（電撃文庫）
扉の外II（同）
扉の外III（同）
ツァラトゥストラへの階段（同）
ツァラトゥストラへの階段2（同）
ツァラトゥストラへの階段3（同）
ラプンツェルの翼（同）
ラプンツェルの翼II（同）
ラプンツェルの翼III（同）
ラプンツェルの翼IV（同）

メディアワークス文庫

殺《さつ》戮《りく》ゲームの館《やかた》〈上〉

土《ど》橋《ばし》真《しん》二《じ》郎《ろう》

発行　2010年3月25日　初版発行

発行者　高野 潔
発行所　株式会社アスキー・メディアワークス
〒160-8326　東京都新宿区西新宿4-34-7
電話03-6866-7311（編集）
発売元　株式会社角川グループパブリッシング
〒102-8177　東京都千代田区富士見2-13-3
電話03-3238-8605（営業）
装丁者　渡辺宏一（有限会社ニイナナニイゴオ）
印刷・製本　株式会社暁印刷

Printed in Japan
ISBN978-4-04-868468-2 C0193

アスキー・メディアワークス http://asciimw.jp/
メディアワークス文庫 http://mwbunko.com/

本書に対するご意見、ご感想をお寄せください。

あて先
〒160-8326　東京都新宿区西新宿4-34-7　株式会社アスキー・メディアワークス
メディアワークス文庫編集部
「土橋真二郎先生」係

メディアワークス文庫

これは切なく哀しい、

不恰好な恋の物語。

プシュケの涙

柴村 仁

「こうして言葉にしてみると……すごく陳腐だ。おかしいよね。笑っていいよ」
「笑わないよ。笑っていいことじゃないだろう」……
　あなたがそう言ってくれたから、私はここにいる――あなたのそばは、呼吸がしやすい。ここにいれば、私は安らかだった。だから私は、あなたのために絵を描こう。

　夏休み、一人の少女が校舎の四階から飛び降りて自殺した。彼女はなぜそんなことをしたのか？　その謎を探るため、二人の少年が動き始めた。一人は、飛び降りるまさにその瞬間を目撃した榎戸川。うまくいかないことばかりで鬱々としてる受験生。もう一人は〝変人〟由良。何を考えているかよく分からない……そんな二人が導き出した真実は、残酷なまでに切なく、身を滅ぼすほどに愛しい。

発行●アスキー・メディアワークス　し-3-1　ISBN978-4-04-868385-2

発行●アスキー・メディアワークス　あ-2-2　ISBN978-4-04-868467-5

メディアワークス文庫

それは他愛のない
悪戯のはずだった……
しかし、嘘の予言が
現実のものとなり……

ボクらのキセキ

静月遠火

「僕はもうすぐ君の彼氏になる男……でも僕たちは付き合ってはダメだ。なぜなら僕たちが付き合うと、不幸な事件や事故が次々起きて、いつか僕らは人を殺すから……」

波河久則はお調子者の高校二年生。その日も悪友二人と一緒に、拾った携帯電話を使ってそんな悪戯電話をかけて遊んでいた。

その数日後、久則は隣の高校に通う三条有亜と出会い、彼女に一目惚れ。しかし久則との付き合いが深まるに連れ、有亜のまわりでは思わぬ事故が続き……。

嘘と現実が交差する学園ラブミステリー。

発行●アスキー・メディアワークス　し-2-1　ISBN978-4-04-868382-1

貧乏劇団の救世主は「鉄血宰相」!?

シアター!

新生「シアターフラッグ」幕開ける!!

有川 浩

とある小劇団「シアターフラッグ」に解散の危機が迫っていた!!
人気はあってもお金がない! その負債額300万!!
主宰の春川巧は、兄の司に借金をして未来を繋ぐが
司からは「2年間で劇団の収益から借金を返せ。
できない場合は劇団を潰せ」と厳しい条件。
巧はプロ声優・羽田千歳を新メンバーに加え、
さらに「鉄血宰相」春川司を迎え入れるが……。
果たして彼らの未来はどうなるのか!?

定価:641円 ※定価は税込(5%)です。

発行●アスキー・メディアワークス あ-1-1 ISBN978-4-04-868221-3

メディアワークス文庫

壊れやすく繊細な少女たちは寂しい夜を、どう過ごすのだろうか——

誰にでも優しいお人好しのエカ、漫画のキャラや俳優をダーリンと呼ぶマル、男装が似合いそうなオズ、毒舌家でどこか大人びているシバ。女子高校生4人が過ごす青春の切ない一瞬を、四季の流れとともにリアルに切り取っていく——。

ガーデン・ロスト

紅玉いづき

定価:557円
※定価は税込(5%)です。

発行●アスキー・メディアワークス　こ-2-1　ISBN978-4-04-868288-6

メディアワークス文庫

ハイドラの告白

柴村 仁

ISBN978-4-04-868465-1

美大生の春川は、気鋭のアーティスト・布施正道を追って、寂れた海辺の町を訪れた。しかし、そこにいたのは同じ美大に通う〝噂の〟由良だった……。『プシュケの涙』に続く、不器用な人たちの不恰好な恋の物語。

し-3-2
0020

殺戮ゲームの館〈上〉

土橋真二郎

ISBN978-4-04-868468-2

——この二つには共通点があるかもしれない。一つはメディアをにぎわす集団自殺のサイト。集団自殺には必ず生き残りがいる。そしてもう一つは人間が殺し合う娯楽ビデオの都市伝説。この二つの繋がりに興味を抱いた面々が……。

と-1-1
0023

殺戮ゲームの館〈下〉

土橋真二郎

ISBN978-4-04-868469-9

出会いや遊びを目的とした大学のオカルトサークルに所属する福永は、ネットで調べたという自殺サイトからある廃墟にたどり着いた。そして目が覚めた時、サークルの十一名が密室に閉じ込められ、殺戮のゲームが始まりを告げる——。

と-1-2
0024

死神と桜ドライブ

有間カオル

ISBN978-4-04-868467-5

彼氏のために借金の連帯保証人になったOL美咲は、その借金のカタにヤクザに売られるはめに。自暴自棄になった彼女は、走ってきた車に身を投げるのだが——。『太陽のあくび』の有間カオルが放つ異色のミステリアス・ストーリー。

あ-2-2
0022

ダーク・サイド

闇と光とクリスマス

鷹村 庵

ISBN978-4-04-868470-5

影と呼ばれる仕事屋が二つの依頼を受ける。一つはある組のボスの孫娘の護衛、もう一つはその少女の暗殺だった。相反する二つの依頼に苦悩する影。しかしその少女との出会いが彼の心の闇を次第にひも解いてゆき……。

た-2-1
0025